Uwe Durst
Phantasmagoriana

UWE DURST

PHANTASMAGORIANA

ERZÄHLUNGEN

Bibliographische Information der Deutschen Nationalbibliothek:
Die Deutsche Nationalbibliothek verzeichnet diese Pu-
blikation in der Deutschen Nationalbibliographie; de-
taillierte bibliographische Daten sind im Internet über
http://dnb.dnb.de abrufbar.

http://www.uwe-durst.de

Covermotiv und -gestaltung: Uwe Durst unter Ver-
wendung eines Photos aus dem Besitz des Autors.

Herstellung und Verlag: BoD – Books on Demand,
Norderstedt

ISBN: 978-3757-8815-66

Für Edgar.

Je sais que le Démon fréquente volontiers les lieux arides, et que l'Esprit de meurtre et de lubricité s'enflamme merveilleusement dans les solitudes.

Charles Baudelaire, *Petits poèmes en prose*, XXIII

DAS WARME ZIMMER

Der Schlüssel drehte sich im Schloß, die Klinke wurde niedergedrückt und die Tür geöffnet.

»Das ist Ihr Zimmer, mein Herr.«

Es handelte sich um einen staubigen, etwas engen Raum, der ein Bett, einen Tisch, einen Stuhl und eine Waschschüssel auf einem Schränkchen enthielt. Die Wände hatte man mit gelben Rautentapeten versehen, und die weiß gestrichene Decke war so niedrig, daß sie einem normal gewachsenen Menschen eben noch gestattete, aufrecht zu stehen.

Gegenüber der Tür befand sich ein Fenster, das auf eine Berglandschaft blickte. Die Landschaft aber war ein Stück Papier, das wenige Zentimeter außerhalb des Fensters an einer Mauer klebte und von einer Lampe angestrahlt wurde. So konnte man sich durchaus vorstellen, an einem anderen Ort zu sein.

»Es ist sehr warm hier drin«, bemerkte der Neuankömmling, ein Mann in den Vierzigern. Er hatte eine Stirnglatze und trug eine dicke schwarze Brille. Geräuschvoll sog er Luft in seine Nase. »Und es riecht wie in einem Keller. In einem Keller, in dem man Fleisch brät.«

»Sie werden sich daran gewöhnen, mein Herr. Das tun alle Herrschaften. Und ändern kann man nichts.«

»Ich frage mich, ob man die Wahrheit in meinem Fall inzwischen herausgefunden hat.«

»Wie sollte man?«

»Könnte es nicht sein, daß die Polizei …«

»Die Polizei? Natürlich nicht. Wo denken Sie hin.« Der Page schüttelte den Kopf. »Wenn Sie wüßten, was die Polizei alles übersieht, Tag für Tag.«

Er breitete die Arme aus.

Der Gast musterte ihn von den schwarzen Lackschuhen bis zum kleinen Hut, der einer runden Schachtel ähnelte und mit einem Kinnriemen befestigt war.

»Ist es hier die ganze Zeit so warm?« fragte er.

»Ich fürchte. Heute ist sogar ein milder Tag.«

»Bei der Hitze werde ich nachts kein Auge zutun. Ich bin noch keine fünf Minuten herinnen, und das Hemd klebt mir an der Haut.«

»Ich würde Ihnen gern ein kühleres Zimmer besorgen«, versicherte der Page, »aber ich habe das nicht zu entscheiden. Freilich sind Sie ganz ungestört und brauchen sich nicht zu genieren: Sie können Ihre Sachen über den Stuhl legen, wenn Sie möchten.«

»Kann man die Heizung nicht abdrehen? Wo ist sie überhaupt?«

»Dort in der Ecke, Herr Balling. Die vergitterte Öffnung im Boden.«

Der Page deutete auf die Stelle, wo man, um ein handgroßes Gitter herum, ein Loch in den gelben Teppich geschnitten hatte.

»Dorther kommt die warme Luft. Manche Herrschaften legen eines ihrer Kleidungsstücke darauf. Aber das hilft natürlich nichts.«

Balling machte ein gequältes Gesicht.

»Glauben Sie mir, Sie haben es noch gut getroffen«, tröstete der Page. »Im Stockwerk unter uns ist es viel stickiger. Deswegen versuchen die Herrschaften auch immerzu, hier heraufzukommen. Sie würden es nicht für möglich halten, was sie sich einfallen lassen, um ihr Ziel zu erreichen.«

Das Gitter war augenscheinlich aus hartem Metall gefertigt, mit zahlreichen Schrauben hatte man es am Boden angebracht. Balling schob seine Brille den Nasenrücken hinauf und trat ans Fenster. Er wollte es öffnen, um frische Luft hereinzulassen; doch es zeigte sich, daß der Fenstergriff abhanden gekommen und da, wo er befestigt gewesen, nur ein rundes Loch im Rahmen zurückgeblieben war.

»Bedaure.« Der Page strich sich das goldblonde Haar aus dem schönen Gesicht. Er trug eine rotleuchtende, mit Messingknöpfen geschmückte Uniform, die seinem zarten Körper schmeichelte. Die Hände steckten in weißen Handschuhen.

»Wann wird das Fenster repariert?« erkundigte sich Balling und kniff die Augen hinter seinen runden Gläsern zusammen, um ihnen mehr Schärfe zu geben.

»Es handelt sich um keinen Schaden. Die Direktion wünscht nicht, daß die Fenster geöffnet werden. Es böte ohnedies keine Kühlung. Und die Wand zum Nachbarhaus ist ja nur zwei Handbreit entfernt.«

»Am liebsten würde ich die Scheibe einschlagen.«

»Denken Sie nicht daran. Die Direktion würde den Schaden unnachsichtig in Rechnung stellen«, warnte der Page. »Einige Herrschaften haben keine Achtung vor dem Inventar, und man zwingt sie, in ein tieferes Stockwerk zu ziehen, wo die Ausstattung schlichter ist. Nicht alle Zimmer haben Fenster.«

Balling wich vom Glas zurück, als fürchte er, einem plötzlichen Impuls zu erliegen. Schnee lag auf dem Gipfel des Gebirges, weiß und kalt.

»Das Frühstück wird um acht und das Mittagsmahl um zwölf serviert«, erläuterte der Page, »das Abendessen um neunzehn Uhr. Sie werden sehen, daß wir gut für Sie sorgen. Das Personal füllt die Waschschüssel zweimal täglich mit frischem, lauwarmem Wasser. Und hier finden Sie Handtücher, einen Waschlappen und was Sie sonst benötigen.«

Er öffnete das Schränkchen und deutete hinein. In einem Fach lagerten Seifenstücke und Shampooflaschen.

»Die Toilette ist hinter dieser Tür.«

»Woher wissen Sie das mit der Polizei?«

»Ich bin natürlich über alle Umstände informiert worden«, erwiderte der Page. »Ihren ersten Mord wird man für alle Zeit als einen Unfall und Ihren zweiten als Suizid ansehen. Niemand verdächtigt Sie.«

»Es ist mir egal, wenn's herauskommt«, antwortete Balling. »Was schert's mich, was man über mich denkt!«

»Immerhin ist es für Ihre Kinder ein großes Glück. Käme die Wahrheit ans Licht, es wäre ihr Tod. Ihre beiden Töchter würden es nicht ertragen, die Kinder eines Mörders zu sein. Sie würden sich gemeinsam erhängen«, versicherte der Page, »im Garten hinter Ihrem Haus.«

Ballings Stirn hatte sich mit Schweiß bedeckt. Sie glänzte im falschen Tageslicht, das durch das Fenster ins Zimmer drang.

»Die Gören sind nicht meine Kinder, wie Sie wohl wissen.«

Er schlug das Bett auf und stützte sich mit den Händen auf die dicke, überaus weiche Matratze. Der Rost bestand lediglich aus einem Drahtgeflecht und quietschte leise.

»Das ist wahr. Sie sind die Kinder Ihres Nachbarn Anton Gilster. Jedesmal, wenn Sie zur Arbeit gingen, hat er schon ungeduldig hinter seinem Fenster gewartet, um gleich darauf zu Ihrer Frau zu eilen und sich in Ihr Bett zu legen.«

Balling verzog den Mund zu einem bitteren Lächeln.

»Was ist übrigens mit meiner Frau?« fragte er.

»Was soll mit ihr sein?«

»Ist sie denn auch hier? Ich meine —«

Der Page schüttelte den Kopf. »Davon ist mir nichts bekannt.«

Er hatte ein junges, helles Gesicht. Seine Züge waren mädchenhaft weich, die Augen blau.

»Mit einem Schlag hat sich alles verändert. Ich hatte Schmerzen im Unterleib, ich ging zum Arzt, er untersuchte mich eingehend und teilte mir schließlich mit, daß ich schon immer zeugungsunfähig gewesen sei.«

»So verhält es sich auch.«

»Und ich lache über ihn und erzähle von meinen Töchtern. Da fällt mir, mitten im Satz, mein Nachbar ein, der ihnen so gern Spielzeug und Süßigkeiten schenkt. Die zierliche Nase, die hervortretenden, braunen Augen, der dünne Mund!«

Balling zog das Jackett aus. Sein weißes Hemd war so sehr mit Schweiß durchtränkt, daß es den Blick auf den rundlichen, mit schwarzen Haaren bedeckten Leib freigab.

»Ein Moment der Erleuchtung«, meinte der Page.

»Ganz recht«, pflichtete Balling bei.

»Zumal ihre Frau schon wieder schwanger war.«

»Darum bin ich mit ihr an den Klippen spazieren gegangen.«

Balling wischte sich mit der Hand über die Stirn.

»Ich habe ihr Fragen gestellt«, fuhr er fort. »›Sag' mir, wie sehr du mich liebst‹, verlangte ich und machte ein Gesicht wie ein verknallter Primaner. Und sie wiederholte die schalen Phrasen, mit denen sie mich seit fünfzehn Jahren hinter's Licht geführt hatte. Daß ich ihr Glück sei. Daß sie in mir ein Geschenk des Himmel sehe. Daß sie einen so guten Mann wie mich gar nicht verdient habe.«

Er streifte sich die nassen Finger an der Hose ab.

»Sie haben wohl gar keine Probleme mit der Wärme, wie?« fragte er.

»Sie stört mich nicht, mein Herr.«

»Aber Ihre Uniform ist aus dickem Stoff.«

»Die Wärme stört mich nicht.«

»Sei's drum. Was geht's mich an? Sie hat erbärmlich und spitz geschrien. Ich höre es noch. Einen Augenblick später war sie still.«

Der Page zuckte die Schultern.

»Sie wäre am Leben geblieben, hätte Sie Ihnen keine Kuckuckskinder ins Nest gelegt.«

»Bestimmt sogar.«

»Und wäre erst mit fünfundneunzig Jahren gestorben.«

»Warum nicht?«

Balling trug sein Jackett zu der Bodenöffnung in der Zimmerecke. Dort faltete er es zusammen und legte es über das Gitter.

»Es wird nichts helfen«, prophezeite der Page.

»Bei der Beerdigung hat mir Gilster die Hand gedrückt und sein Beileid ausgesprochen. Er hatte Tränen in den Augen. Seine Trauer war echt, was mich bis auf den Grund der Seele erbitterte. Am liebsten hätte ich gesagt: ›Da ist deine Brut! Ich überlaß' sie dir! Nimm sie!‹ Aber ich sagte nichts und erwiderte seinen Händedruck und bedankte mich für die freundlichen Worte.«

Der Page lächelte. Seine gesunden, weißen Zähne blitzten zwischen den weinroten Lippen hervor.

»Warte nur, dachte ich. Du kommst auch noch dran.«

Balling nahm seine Krawatte ab und legte sie über die Rückenlehne des Stuhls.

»Und Herr Gilster ist wirklich drangekommen.«

»Das ist er, und zwar einen Monat später. Der Verlust meiner Frau hatte ihn in dieser Zeit um Jahre altern lassen. Das dümmliche Lächeln, das er vordem spazierengeführt hatte, war aus seinem Gesicht verschwunden, als hätte man es wie eine Glühbirne ausgeschaltet. Eines Abends bin ich zu ihm hinübergegangen, mit einer Flasche Cognac. Wir haben zusammen getrunken, und in einem unbemerkten Augenblick habe ich ihn vergiftet. ›Ich bin müde‹, sagt er, und die Substanz zirkuliert in seinen Adern. ›Ich muß ins Bett.‹ Er torkelt in sein Schlafzimmer, wo er sich in seinen Kleidern aufs Bett legt und die Augen verdreht. Ich ziehe Handschuhe an. Ich stelle sein Glas und die Flasche auf den Nachttisch. Das

Fläschchen mit dem Gift stelle ich daneben, nachdem ich dafür gesorgt habe, daß seine Fingerabdrücke darauf zu finden sind. Er sieht mich an, kann sich aber nicht mehr rühren, ich lache ihm ins Gesicht.«

Balling öffnete die obere Hälfte seines Hemds. Er hatte kindlich-plumpe Finger, die ihre Aufgabe mit den Knöpfchen flink erledigten.

»Ich gehe in seine Küche und wasche das Glas, aus dem ich getrunken habe, trockne es ab und stelle es zu den anderen ins Regal.«

»Wie überaus geschickt«, lobte der Page.

»Ich habe mich gerächt.«

»Das kann man wohl behaupten. Beide wußten, wer sie ermordet und weshalb.«

»Sonst wäre es keine Vergeltung gewesen.«

»Nun denn«, sagte der Page und blickte auf seine Uhr, »ich muß Sie jetzt allein lassen. Es haben sich für heute nachmittag noch weitere Herrschaften angekündigt. Wenn Sie etwas brauchen, rufen Sie mich. Hier neben der Tür ist ein Knopf, sehen Sie?«

Balling nickte.

»Ich wünsche einen angenehmen Aufenthalt.«

Der Page trat hinaus, und es war, als verschwinde mit ihm ein Licht, das den Raum erleuchtet hatte.

Balling hörte ein metallisches Klirren.

Der Schlüssel drehte sich im Schloß.

———

FLIEDERTEE

»Möchten Sie noch eine Tasse?«

Gabriele antwortete nicht, was so gut wie eine Zustimmung war, und Else füllte das heiße Getränk in das Porzellantäßchen ihrer Puppe.

»Ich hab' gleich gewußt, daß Sie Fliedertee mögen.«

Sie hatte im Schneidersitz auf dem Boden des Kinderzimmers Platz genommen. Gabriele hingegen saß auf einem Stühlchen aus rosa Plastik und betrachtete stumm das ausgebreitete weiße Tuch, das den Tisch darstellte.

»Nehmen Sie doch etwas Gebäck«, sagte Else und legte zwei Kekse auf den Unterteller ihrer Freundin, was Gabriele ohne Einwand geschehen ließ. Zwar hatte die Mutter verboten, daß Else, die zum Dicksein neigte, sich selbst aus der Schublade mit den Süßigkeiten bediente, aber die Mama war heute abend nicht zu Hause. Sie besuchte eine Bekannte, die kürzlich selbst Mutter geworden war, und würde erst spät zurückkehren.

»Der Urlaub in Frankreich hat Ihnen gut getan. Wie frisch Sie aussehen«, plapperte Else, »die Zeit kann Ihnen nichts anhaben, wie es scheint. Mein Mann und ich haben auch vor, an die Azurküste zu reisen, schon im nächsten Sommer.« Sie nippte an ihrer Tasse. »Man ist ja so eingeschränkt mit dem Kind.«

Durch die Glastür sah man in den Garten, dessen Bäume fast alle Blätter verloren hatten, der Wind wirbelte das Laub über den Rasen.

Der Himmel war mit schweren Wolken bedeckt. Schon um drei Uhr hatte man die Lampe einschalten müssen. Vielleicht würde es ein Unwetter geben.

»Mein Mann ist freilich ganz vernarrt in unsere Tochter. Es kommt für ihn gar nicht in Frage, daß wir sie für ein paar Wochen bei der Oma lassen«, sagte Else. »Er küßt sie den ganzen Tag.«

Sie lachte hoch und spitz.

»Noch etwas Tee?«

Eine einzelne Wolke drehte sich langsam um sich selbst und flog in Gegenrichtung weiter.

»Es passiert schon wieder!« flüsterte Gabriele.

Sie neigte den Kopf. Er war aus Stoff gefertigt und mit aufgestickten Augen, einer Nase und roten Lippen versehen. Sie lauschte aufmerksam.

»Hören Sie?«

»Nein! Ich höre nichts«, erwiderte Else und schüttelte den Kopf. Aber sie zog die Schultern hoch und krümmte den Rücken. Das Laub flog ums Haus wie ein Schwarm brauner Vögel.

»Drehen Sie den Schlüssel um!« flüsterte Gabriele.

Der graue Himmel flackerte und verlosch für einen Augenblick, in dem vollkommene Dunkelheit herrschte, denn auch die Lampe war ausgegangen.

Schritte kamen den Flur entlang.

Die Sonne hinter dem Wolkenteppich wurde neu entzündet, und die Lampe schaltete sich wieder ein.

Im Türschloß steckte ein silberner Schlüssel.

»Drehen Sie ihn um!« flüsterte Gabriele.

Else schüttelte den Kopf.

»Seien Sie doch nicht so dumm!« zischte die Freundin. »Es wird gleich passieren!«

Das ausgebreitete weiße Tuch stellte den Tisch dar.

Gabriele saß auf einem Stühlchen aus rosa Plastik.

Else krümmte sich zusammen. Sie schlang die prallen Arme um ihren Leib.

―――――

VIER DICKE SCHRAUBEN

»He, psst!«

Ich blieb stehen und drehte mich um, aber niemand war zu sehen.

»*Hier* bin ich!«

Im Gebüsch stand ein kleiner Mann und raschelte mit den Zweigen. Ihre Dornen steckten in seinen Kleidern.

»Kommen Sie her. Überall diese Spinnen!« fluchte er und wischte die Tiere ab, die ihm die Hosenbeine heraufkrabbelten.

Bis tief in die Nacht hatte ich in der Wirtschaft ›Zum Engel‹ gesessen, den Dörflern Starkbier und Schnäpse spendiert, gescherzt und schließlich, als ich glaubte, die Zeit sei reif, sehr behutsam meine Frage gestellt.

Gleich war man aufgesprungen.

»*Still!*« schrie man. »Still!« Und alle Augen schauten zur Decke hinauf, als fürchte man, daß ein Unheil vom Himmel herabkommen und die Decke durchschlagen müsse.

Das Fenster stand offen, und da jeder den Atem anhielt, auch der Wirt, aus dessen Gesicht alle berufsmäßige Lustigkeit fortgewischt war, bemerkte ich, daß selbst die Natur totenstill geworden und ihre vielen Münder geschlossen hatte: kein Tier gab einen Laut von sich, und kein Wind strich über die Äcker.

»Er hört uns zu«, flüsterte jemand.

»Von denen werden Sie nichts erfahren«, meinte der kleine Mann im Gebüsch und versuchte, die feinen Ästchen zu entfernen, die ihm ins Haar gefaßt hatten.

»Wir haben nichts Lästerliches gesagt«, wisperte einer.

»Er wird uns verzeihen, daß wir mit dem da an einem Tisch gesessen sind«, hoffte ein anderer.

»Es tut mir leid«, sagte ich erschrocken. Die Hände der Bauern waren im Töten geübt, und ihre Zähne kräftig und messerscharf.

»Gehen Sie jetzt«, verlangte der Wirt.

»Wenn Sie sich's was kosten lassen«, fuhr der kleine Mann im Gebüsch fort, »werd' ich Ihnen zeigen, wo er wohnt.«

»Jetzt gleich?« fragte ich, und er nickte mit dem Kopf, so daß ihm die Dornen das Gesicht zerkratzten. »Wir werden zwei Stunden gehen müssen. Dafür gewähren Sie mir dreimal einen guten Schluck.«

Wir machten uns auf den Weg: Das Dorf verschwand in der Finsternis, die nur von der kalten Pracht der Sterne und des Monds erhellt wurde. Die abgeernteten Felder verströmten einen fauligen Geruch.

»Nennen Sie keinesfalls seinen Namen«, flüsterte der kleine Mann, »zumindest nicht in abfälliger Weise. Er würde es hören.«

Bald verließen wir die befestigten Wege und überquerten die Äcker.

»Haben Sie ihn schon einmal gesehen?« fragte ich leise.

Er murmelte etwas und versuchte beim Gehen die feuchte Erde abzuschütteln, die sich an seine

Schuhe klammerte. »Jeder weiß, wo er wohnt – und wozu er imstande ist.«

Wir marschierten lange Zeit, weit länger als die angekündigten zwei Stunden; schließlich wölbte sich die Morgendämmerung über die Welt, und der gläserne Himmel nahm schwarzblaue Farbe an.

»Wir sind da«, flüsterte der kleine Mann und blieb stehen.

Erst jetzt gelang es mir, ihn eingehender zu betrachten. Er war vielleicht fünfzig Jahre alt und trug verbeulte Kleider, die mit plumpen Hornknöpfen um seinen schmächtigen Leib geschlossen waren. Graue Stoppeln bedeckten sein Gesicht; über Stirn und Wangen zogen sich die Spuren, die ihm der Dornbusch in die Haut geschlitzt hatte.

»Geben Sie mir meinen Lohn«, verlangte er.

Ich schüttelte den Kopf.

»Es war ausgemacht, daß Sie mich zu ihm bringen«, entgegnete ich.

»Das hab' ich getan. Dort wohnt er«, antwortete mein Führer und wies voraus, wo auf halbem Weg zwischen uns und einem Fichtenwald eine unscheinbare Hütte stand. Sie war ob der braunen Farbe der Erde kaum zu sehen.

Ich gab ihm drei große Schlucke.

»Sie haben ihn selbst besucht, nicht wahr?«

Der kleine Mann wischte sich mit der Hand über den Mund.

»So ist es«, erwiderte er und leckte sich die Finger sauber. »Ihnen wird es leicht ebenso ergehen wie mir«, fügte er hinzu und zertrat die Maden, die ihm über die Stiefel krochen.

Die Helligkeit des aufziehenden Tags mehrte sich rasch, doch die Luft war noch immer von dunkelblauem Licht getränkt.

»Soll das heißen, er hat Ihren Wunsch nicht erfüllt?« fragte ich.

Der kleine Mann lachte gedämpft.

»Glauben Sie im Ernst, ich hätte mir *das* gewünscht?«

Er knöpfte seinen Mantel auf und schlug das grobe Tuch auseinander. Ich trat einen Schritt zurück.

»Sagen Sie *genau*, was Sie wollen«, riet der kleine Mann, »sonst macht er sich einen Spaß daraus, Sie mißzuverstehen.«

Er schloß seinen Mantel und wischte die Würmer von den Knöpfen. »›Ich will nur wieder bei ihr sein‹, hab' ich ihn angefleht.«

Ich verließ die Kneipe, man schickte mir Beleidigungen und Verwünschungen hinterher.

»Du sollst verrecken!« rief der Wirt.

»Auf Wiedersehen«, flüsterte der kleine Mann.

Die Hütte saß auf der toten Erde wie ein häßliches Ungeziefer in einer Falte menschlicher Haut; und im Kopf wiederholte ich immer wieder den Satz, in den ich meine Bitte kleiden wollte.

Sobald ich die Hütte halb erreicht hatte, wurde in ihrem Innern ein Licht entzündet.

Sie war kaum mehr als ein plumper Bretterverschlag, die Witterung hatte das Holz zerfressen. Ich spähte durch das zerbrochene Fenster und sah einen kleinen, mit Kerzen erleuchteten Raum, nicht größer als vierzehn oder fünfzehn Quadratmeter.

Rechts stand ein Bett, das offenbar durch eine gewaltige Faust zertrümmert worden war, denn über ihm klaffte ein großes Loch in der Decke, aus dem zersplittertes Holz herabhing, und das Bett war in den Boden gerammt worden, so daß die Matratze und der Lattenrost v-förmig zusammengefaltet in die Luft ragten. Durch die Öffnung waren Regen und Schmutz eingedrungen. Links befanden sich ein Stuhl und ein einfacher Tisch, auf dem ein Teller, ein Becher und Besteck in einer Weise angeordnet waren, als habe man eben eine Mahlzeit eingenommen. Das Zimmer hatte ich nicht mehr gesehen, nachdem meine Frau und mein Kind darin umgekommen waren; aber tausendfach hatte ich mir ihr Sterben ausgemalt.

Der kleine Mann, in dessen Haar schwarze Käfer wühlten, stand, wo ich ihn zurückgelassen hatte. Neugierig beobachtete er, was ich tat.

»Wie geht es Ihnen denn jetzt, Herr Unselt?« fragte ich, als ich dem Witwer vor dem Haus begegnete.

Er hob seinen Hut, um mich zu grüßen. Er war betrunken, und das weiße, ungewaschene Haar klebte an seinem Kopf, der Hutrand hatte sich ringsum abgedrückt und quer über die Stirn eine rote Spur gezogen.

»Sie läßt mich nicht in Ruh«, sagte er mit gesenkter Stimme.

Er wohnte im Nebenhaus, in einer Mansarde wie wir, aber sein Gebäude war höher und überragte das unsere um drei Geschosse.

»Sie läßt mich nicht in Ruh, keine Minute, auch nicht, wenn ich sie darum bitte, inständig bitte, mit gefalteten Händen. Ununterbrochen lärmt sie und redet vor sich hin.«

Er sah zu seinem Fenster hinauf, als fürchtete er, daß sie ihn beobachte.

Ich lächelte mitleidig.

»Möchten Sie nicht mit mir einen trinken gehen?« fragte er unvermittelt. »Ich kann jetzt nicht nach Haus.«

»Ich bedaure«, antwortete ich leichthin, so wie man einem Kind einen Wunsch abschlägt. »Die Arbeit ruft.« Ich klopfte ihm auf die Schulter. »Die Nerven spielen Ihnen einen Streich.«

Der Greis nickte.

»Ein andermal«, sagte ich. »Auf Wiedersehen.«

Er gab mir die Hand und wandte sich seiner Haustür zu. Er ging in seine Wohnung hinauf und öffnete den Gashahn.

»Du sollst verrecken!« rief der Wirt, und jemand schleuderte sein Bierglas nach mir, das an der Wand zersprang.

Der kleine Mann, der mich zur Hütte gebracht hatte, war noch kleiner geworden, die weiche Erde hatte sich seiner Füße bemächtigt. Ich hatte mir ein Taschentuch um den Unterarm gebunden, der Knoten hatte sich gelockert, Blut lief den Arm hinab und tropfte auf die Erde.

Ein Feuerstoß sprang aus den Fenstern, und eine schwere Explosion übertönte den Straßenlärm. So gewaltig war die Erschütterung, daß sich ein Teil der Seitenwand löste und auf unser Gebäude fiel.

In der Nacht hatte es zu regnen begonnen. Kurz vor Dämmerung kam ich von der Arbeit zurück, die Straße war abgeriegelt, und die Polizei verbot mir, das Haus zu betreten, dessen Einsturz man befürchtete.

»He, psst!«

Ich schaute durchs Fenster: Der Raum war mit Steinen bedeckt und feuchtem Staub. Ich sah das Loch in der Zimmerdecke und das Bett, das derart in den Boden gerammt worden war, daß es die Matratze und den Lattenrost v-förmig zusammengefaltet hatte. Die nackten Beine meiner Frau ragten in die Luft.

»*Hier* bin ich!« rief es aus der Hütte.

Ich spähte umher und entdeckte ihn: er saß auf meinem Holzstuhl, der von den flackernden Schatten des Kerzenlichts verborgen war.

»Kommen Sie herein«, sagte er.

Unselt öffnete die Tür, seine Frau begann ihr Begrüßungsgelächter.

»Kommen Sie hier entlang«, meinte der Alte und schob mich zu seinem Zimmer.

»Wir haben Sie ja schon eine Ewigkeit nicht mehr gesehen«, zwitscherte die Gattin. »Ich hoffe, mit dem Kind ist alles in Ordnung? Wie geht es Ihrer Frau? Noch immer schwach? Ja, so eine Geburt nimmt einen mit. Wollen Sie einen Kaffee?«

Sie war rund, und ihre Füße steckten in ausgetretenen Pantoffeln. Sie trug ein kirschrotes Kleid.

»Keinen Kaffee? Aber vielleicht ein Stück Kuchen?«

Unselt schloß die Tür hinter uns und schaltete das Licht ein. Sein Zimmer befand sich in größter Unordnung. Er schob den Riegel vor; seine Frau ging mit dröhnendem Schritt am Zimmer vorbei.

Die Nägel seiner kurzen, weißen Finger hatte er bis ins Bett abgebissen.

»Nehmen Sie Platz«, sagte Unselt und deutete auf den einzigen Sessel, während er sich selbst auf einer Holzkiste niederließ.

Offenbar lebte er ausschließlich in diesem Raum. Seine Kleider, Schnapsflaschen und Tabletten lagen auf dem Boden herum. In einer Ecke lag eine bloße Matratze.

Eine halbe Stunde bevor ich zur Arbeit gehen mußte, hatte er mich angerufen und mit scheinfreundlicher Stimme, aus der die Verzweiflung hervorgeklungen war, gebeten, ich möge zu ihm kommen. Ungern war ich seiner Bitte gefolgt. Vom ersten Tag unserer Bekanntschaft an hatte er sich mir aufgenötigt, hatte eine Zutraulichkeit gezeigt, die ich ohne Grobheit nicht zurückweisen konnte. Seit seine Frau gestorben war, klammerte er sich an meinen Ärmel wie ein Kind.

Er redete von einem häßlichen, niederbayerischen Dorf und von einer verfallenen Hütte, in deren Innern sich sein eigenes Wohnzimmer befunden habe.

Ich schüttelte den Kopf.

»Sie haben geträumt«, sagte ich und machte eine Geste, als wischte ich etwas Schmutz vom Tisch.

»Treten Sie ein«, lockte der Herr.

»Glauben Sie etwa, ich bin verrückt?« rief Unselt und schielte nach der Tür, hinter der er seine Gattin lachen hörte.

»Ihre Frau ist tot. Seit einem viertel Jahr.«

»Am Tag nach der Beerdigung stieg ich in die Bahn, die mich wieder nach Hause bringen sollte. Ich sah durchs Fenster, wie meine Frau sich beeilte, den Zug ebenfalls zu erreichen. Sie rannte über den Bahnsteig. Im nächsten Augenblick öffnete sie die Tür des Abteils und setzte sich mir gegenüber. Sie atmete schwer, ihr Gesicht war rot von der Anstrengung.«

Ich schaute auf die Uhr.

»Verzeihen Sie. Die Arbeit ruft.«

Ich stand auf und zog den Riegel zurück, der Unselt vor den Zudringlichkeiten seiner toten Gattin schützte.

»Ich aber freute mich über das Wunder«, erzählte er. »Ich faßte ihre Hände, ich umarmte sie, ich küßte ihren Mund, und ich sprach dem Herrn ein Dankgebet. Die Tränen liefen mir übers Gesicht. Alles schien so gekommen zu sein, wie er es mir versprochen hatte.«

Der kleine Mann zerrte seine Füße aus dem weichen, taufeuchten Grund und schüttelte sie, um die Erdbrocken fortzuschleudern, die an seinen Stiefeln hafteten.

»Es gibt keinen Herrn«, behauptete ich.

Unselt preßte sich eilig den weißen, kurzen Zeigefinger auf den schmalen Mund. »Er kann Sie hören. Er hört jedes Wort, das auf der Welt gesprochen wird.«

Ich zog den Riegel zurück, den mein Nachbar mit vier dicken Schrauben am Türrahmen befestigt hatte.

Seine Frau trug ein kirschrotes Kleid. Sie saß in ihrem Wohnzimmersessel und blätterte in einer Modezeitschrift.

»Ah, Sie wollen schon gehen?« fragte sie, warf das Heft auf den Tisch und erhob sich unter Schaukeln und Keuchen. »Grüßen Sie Ihre Frau von mir. Ich werd' in den nächsten Tagen einmal zu ihr kommen, auf ein Täßchen Schokolade und ein Stück Kuchen.«

Sie lächelte und entblößte ihre kräftigen, messerscharfen Zähne.

Oft besuchte sie uns, fütterte Anna mit Leckereien und flößte ihr frischgepreßte Säfte ein.

Ich konnte sie nicht leiden, und es mißfiel mir, daß sie ihre parfümierten Hände auf den Bauch meiner Frau legte. Sehr gern hob sie, wie selbstverständlich, das Umstandskleid in die Höhe und streichelte Annas Leib, um die Bewegungen des Ungeborenen unter der prallen Haut zu spüren.

»Schau«, sagte Anna und hielt ein paar Söckchen in die Luft, »schau, was Frau Unselt gestrickt hat!«

»Ich will doch nicht, daß das Kind friert«, kicherte die dicke Frau.

Zwischen jedem ihrer Zähne war ein Spalt von einem Millimeter Breite. Sie lachte und sperrte dabei den Mund weit auf, und ihre Zunge suhlte sich im Speichel des Unterkiefers.

»Was will die Unselt jeden Tag bei uns?« fragte ich.

»Ich find' sie nett. Was hast du gegen sie?«

»Ich finde sie aufdringlich. Und wie sie dich befingert!«

Im Gebüsch stand ein kleiner Mann und raschelte mit den Zweigen. Ihre Dornen steckten in seinen Kleidern.

»Überall diese Spinnen!« fluchte er.

Anna lag auf dem Bett und rieb ihren gewölbten Bauch mit Babyöl ein, er glänzte wie eine Süßigkeit.

Ich spähte durch die zerbrochene Scheibe. Ich sah den Stuhl und den Tisch, auf dem ein Teller, ein Becher und Besteck in einer Weise angeordnet waren, als habe man eben eine Mahlzeit eingenommen; ich sah das große Loch in der Decke, aus dem zersplittertes Holz herabhing, und das Bett, das v-förmig zusammengefaltet in die Luft ragte. Ich sah Annas nackte Beine und hörte sie stöhnen, und das Blut meines Kindes sickerte in die Matratze.

Der Herr winkte mir zu. Ich sollte eintreten. Seine Augen leuchteten weiß.

»Meine Frau«, wimmerte Unselt, »hatte mir mehr als einmal gesagt, daß sie in ihrem Heimatdorf beerdigt werden wollte, und ich war bereit, ihr diesen Wunsch zu erfüllen. Sie stammte aus P—n, einem winzigen, niederbayerischen Kaff an der tschechischen Grenze. Ich ließ ihren Sarg überführen, und das ganze Nest kam zur Trauerfeier. Man machte sich über die Fleischspeisen her und schüttete sich Starkbier und Schnäpse in den Hals. Schließlich war es Nacht geworden, und ich bat um die Rechnung.«

»Gehen Sie jetzt«, verlangte der Wirt.

Ein Bierglas zersprang an der Wand.

»Vor dem Wirtshaus verabschiedete ich mich von den letzten Gästen. Ich hatte ein Fremdenzimmer genommen und wollte mir vor dem Schlaf die Füße vertreten. In einem Gebüsch stand ein kleiner Mann.«

Im Innern der Hütte wurde Licht entzündet.

»Anna?« fragte ich und schaltete das Nachttischlämpchen ein.

Sie erholte sich nur langsam von der Geburt und verbrachte viel Zeit im Bett. Das Kind schlief in ihrem Arm.

»Herr Unselt hat gestern abend bei uns geklingelt«, sagte sie. »Du warst schon weg.«

»Was wollte er?« fragte ich.

»Seine Frau hat einen Unfall gehabt. Sie ist überfahren worden. Am hellichten Tag.«

Mit dröhnendem Schritt ging sie am Zimmer vorbei.

Vier dicke Schrauben hielten den Riegel am Türrahmen fest.

»Meine Frau saß in der Hütte. Sie trug ihr kirschrotes Kleid und blätterte in einer Zeitschrift.«

»Grüßen Sie Anna von mir. Ich werd' morgen zu ihr kommen«, versprach Frau Unselt. »Ich werd' einen Obstkuchen backen.«

»Hast du Hunger?« fragte ich. »Du mußt etwas essen. Sonst saugt dich das Kind bis auf die Knochen aus. Iß wenigstens eine Scheibe Brot und trink ein Glas Saft.«

Ich sägte etwas Brot vom Laib, das ich mit Butter und Marmelade bestrich, und goß Orangensaft in eine Tasse. Doch als ich mit dem Tablett zu meiner Frau ans Bett trat, war sie schon wieder eingeschlafen.

»Ein Traum«, behauptete ich.

Unselt senkte den Kopf. »›Ich muß sie wiederhaben‹, flehte ich.«

Annas Körper entströmte der Duft warmer Milch.

Ich war in das Dorf gefahren. Ich hatte den Bauern Starkbier und Schnäpse spendiert und mit ihnen bis in die Nacht gescherzt, bevor ich nach der Hütte gefragt hatte.

Der kleine Mann trank dreimal einen guten Schluck. Mit dem Handrücken wischte er sich über den Mund.

»Jeden Tag gehe ich in die Kirche, um den Herrn um Gnade anzuflehen, um Erlösung«, berichtete Unselt.

Die Natur war totenstill geworden, sie hatte ihre vielen Münder geschlossen: kein Tier gab einen Laut von sich, und kein Wind strich über die Äcker.

»Treten Sie ein«, lockte der Herr und betrachtete mich mit seinen grausamen Augen.

———

DAS GEHEIME LEBEN
DES JAKOB GOLL

Herr Dalp eilte das dunkle Stiegenhaus hinauf. Er war spät dran und wollte rechtzeitig erscheinen. Zwar neigte er im allgemeinen zur Nachlässigkeit, doch was seine Besuche anging, konnte man die Uhr nach ihm stellen. Er überquerte den Treppenabsatz im zweiten Stock und ging an den Türen verschiedener Hausbewohner vorbei. Auch der Korridor war finster, denn Wieland Dalp hatte, wie es seine Gewohnheit war, das Licht nicht eingeschaltet. Er folgte der Reihe hoher und schwarzer Türen, bis er die Wohnung erreicht hatte, in der Goll lebte. Er klopfte, was aber mehr ein Kratzen war, da er mit den Fingernägeln am Holz scharrte.

Dalp kannte Goll seit Jahren und besuchte ihn fast jeden Abend, nicht zuletzt weil er froh war, auf diese Weise seiner Frau zu entkommen, einer schlichten Seele, mit der er drei Zimmer im Parterre bewohnte.

Hinter der Tür waren Schritte und ein Räuspern zu hören, ehe sie geöffnet wurde und Jakob Goll, vom Licht einer schwachen Flurlampe umleuchtet, im Rahmen erschien.

Er hatte einen leichten Buckel und ewig überanstrengte Augen. Im Gegensatz zu Herrn Dalp, der recht eitel war und auf seiner Kleidung kein Stäubchen duldete, legte er auf sein Äußeres wenig Wert. Nicht, daß seine Wäsche schmutzig oder er selbst von schlechtem Geruch gewesen wäre, aber eine gewisse Gleichgültigkeit seiner Kleidung gegenüber war nicht zu leugnen: das Hemd und die Hose waren fadenscheinig und ausgewaschen und hatten wohl noch nie ein Bügeleisen gesehen.

»Guten Abend«, sagte Dalp mit weicher, schmeichelnder Stimme.

»Ah, Sie sind pünktlich wie immer«, erwiderte Goll anerkennend und trat beiseite. »Kommen Sie.«

Dalp nickte, blieb aber einen Augenblick an der Tür stehen und warf einen prüfenden Blick in die Wohnung.

Der Flur war orange gestrichen und, abgesehen von einem alten Spiegel und der Garderobe, vollkommen leer. Die Tür des Wohnzimmers stand weit offen, es enthielt einen Tisch, der mit zwei weißen Kerzen geschmückt war, ein Sofa, drei Stühle und ein Schränkchen, in dem Goll das Geschirr aufbewahrte. An den Wänden reihten sich Bücherregale, und ein Vogelkäfig stand auf einem Hocker neben dem Sofa. Dalp erschnupperte den würzigen Fleischgeruch, der bis in den Flur gelangte. Das Wasser lief ihm im Mund zusammen.

Er trat ein und folgte Goll ins Wohnzimmer, wo er sich auf einen der gepolsterten Stühle setzte. Fräulein Schmitt hatte am Tisch Platz genommen. Sie trug ein buntes Kleid, war klein und fett, und ihre kreisrunden Augen betrachteten Herrn Dalp mit einem aufmerksamen, etwas ängstlichen Blick.

»Guten Abend, meine Liebe«, sagte er sanft.

»Guten Abend, Herr Dalp«, flüsterte sie und spielte verlegen mit einem silbernen Armreif, der ihr linkes Handgelenk umschloß.

Dalp hatte ein freundliches Gesicht von leicht rötlicher Farbe und einen weißen Schnurrbart. Er war fünfundvierzig Jahre alt und strotzte vor Gesundheit.

Allerdings ging er keiner Arbeit nach, sondern lebte ausschließlich vom Einkommen seiner Frau, die zehn oder fünfzehn Jahre älter war als er und an ihrem Gatten mit einer alles gestattenden, alles verzeihenden Liebe hing. In seiner Jugend hatte sich Dalp die Welt angesehen, sich herumgetrieben und, wie er gern erzählte, ein recht abenteuerliches Leben geführt, um das Goll ihn beneidete. Nicht selten hatte er das Gesetz gebrochen, sich mit Diebstählen und Betrügereien durchgeschlagen, bis er sich von heute auf morgen entschlossen hatte, seßhaft zu werden und die erstbeste Frau zu heiraten, die ihm über den Weg lief.

Goll hingegen hatte sein Leben größtenteils in seiner Wohnung zugebracht. Er verdiente sein Geld mit Übersetzungen, und da er jeden Kontakt mit den übrigen Nachbarn mied, kannte er Dalps Frau nur von zufälligen Begegnungen auf der Treppe, bei denen sie einander flüchtig gegrüßt und Frau Dalps Züge von den Sorgen gekündet hatten, die der nicht sehr treue Gatte ihr bereitete.

Derlei Begegnungen kamen allerdings selten vor, denn Goll scheute sich, seine Wohnung zu verlassen. Was er brauchte, ließ er sich liefern. Auch die Zutaten für das Essen hatte der Gehilfe eines nahen Geschäfts vorbeigebracht, denn die Wohnung mit ihren vertrauten Abmessungen, ihren vom vielen Gebrauch bequem gewordenen Möbeln und ihrem unveränderlichen Aussehen schien Goll ein sicherer Ort zu sein. Hier und da lagen Papierstapel; überall hatte er seine Notizen verteilt, selbst auf den Stühlen und dem Sofa lagen Bücher und Zettel. Es war die Wohnung eines Mannes, der ohne Frau gealtert und dessen Abneigung, vor die Tür zu gehen, mit den Jahren größer und größer geworden war.

»Köstlich! Was für ein Duft!« rief Fräulein Schmitt, als Goll das gebratene, auf Gemüse gebettete Fleisch auf einem Tablett aus der Küche ins Wohnzimmer trug. Er stellte es auf den runden Eichentisch, auf dem er das übrige Geschirr bereits angeordnet hatte. Die Tischplatte wurde von drei schwarzen Flecken verunziert, die Golls Zigaretten hineingebrannt hatten, und wenn man, wie es Fräulein Schmitt zuweilen tat, die spiegelnde Oberfläche gegen das Licht betrachtete, so fand man auf ihr zahllose Ringe, die von Golls Biergläsern im Holz zurückgelassen worden waren.

»Sie sind ein kulinarisches Genie, Jakob«, lobte Dalp.

»Vielen Dank«, erwiderte Goll und lächelte selbstgefällig. »Nach dem Dessert gibt es einen Pichon-Comtesse. Jahrgang 1982.«

Herr Dalp strahlte.

Goll ging zurück in die Küche, um die gerösteten Brotscheiben zu holen. Er legte sie auf einen Teller und schloß für einen Moment die Augen; und im geheimen Leben, das er ständig führte, drückte er seine Lippen auf den Mund einer blonden Frau.

»Hier habe ich das Brot«, sagte Goll, indem er den Teller neben das Fleisch stellte und die Gabel ergriff.

»Der Braten ist bestimmt ausgezeichnet«, mutmaßte Fräulein Schmitt, »aber dennoch möchte ich nur ein hauchdünnes Stück.«

»Machen Sie etwa eine Diät?« fragte Dalp. »Das haben Sie nicht nötig.«

Sie warf ihm einen mißtrauischen Blick zu, und Dalp leckte sich über die Lippen.

»Ja, das sagen sie alle, die Männer. Aber dann nehmen sie sich doch eine Schlanke, und die dicke Frau bleibt allein.«

Dalp lachte und schob seinen Stuhl etwas näher ans Sofa, was Fräulein Schmitt unangenehm war; sie fürchtete sich vor seinen behutsamen Bewegungen und gutartigen Worten.

Tatsächlich hatte Dalp auch eine andere Seite, von der sich Goll vor einem halben Jahr mit eigenen Augen hatte überzeugen können. Damals war er widerwillig auf die Straße getreten, um eine Besorgung zu machen, und unweit seiner Wohnung an einem Gebüsch vorübergekommen, hinter dem plötzlich ein Schrei zu hören gewesen war. Goll, der irgendein Verbrechen vermutete, schob den Strauch beiseite und erblickte Herrn Dalp, der sich mit einer schwarzen Schönheit vergnügte. Als der Nachbar sich entdeckt sah, eilte er fort und verschwand im hohen Gras, die schwarze Frau folgte ihm. Weder er noch Goll hatten den Vorfall hernach mit einem Wort erwähnt.

»Seien Sie nicht allzu enttäuscht, meine Gute«, sagte Dalp. »Es liegt in der Natur der Sache, daß nur ganz junge und naive Menschen an die Liebe glauben, weil man, ohne oberflächlich zu sein, überhaupt niemanden lieben kann. Mit zunehmendem Alter wächst die Skepsis, und die Liebe stirbt; nur die Erinnerung an eine Narretei bleibt zurück, für die man sich heimlich schämt.«

»Was für ein Zyniker Sie sind, Herr Dalp.«

»Ich bevorzuge die Bezeichnung ›Realist‹. Aber gewiß handelt es sich dabei um ein und dasselbe. Was meinen Sie, Jakob?«

Goll antwortete nicht. Er blickte durch Fräulein Schmitt hindurch, als sei sie ein Stück buntes Glas; und im geheimen Leben, das er ständig führte, glitten seine Hände durch Almas Haar. Ihre Augen waren blau und fröhlich. Sie trug ein schlichtes Kleid, das die schönen Formen ihres Leibes sehen ließ und aus den Verlockungen ihres Fleisches kein Geheimnis machte.

»Freilich«, sagte Dalp, indem er zu essen begann, »ist nicht jeder ein derart überzeugter Junggeselle wie unser Freund.«

»Sie irren sich, Wieland«, brummte Goll. »Auch ich hätte einmal fast geheiratet.«

»So? Davon haben Sie mir nie etwas erzählt.«

»Es ist wohl nicht so wichtig«, meinte Goll, der schon bereute, die Sache erwähnt zu haben. »Außerdem ist es lange her.«

»Und warum«, fragte Fräulein Schmitt neugierig, »warum haben Sie sich anders entschlossen?«

»Das habe ich nicht.«

»Ach, es lag also an ihr?«

»Zwei Wochen vor der Trauung erhielt ich einen Brief. Sie hatte einen anderen kennengelernt.«

»Wie schrecklich«, meinte Dalp. »Fast hätten Sie sie gehabt, und dann, ehe sie sich versieht, ist sie weg.«

Er hob die Hand, um eine Stubenfliege aus der Luft zu fangen. Doch der Versuch mißlang.

»Werden Sie uns nachher eine Probe Ihres musikalischen Talents geben?« fragte Goll, um das

Thema zu wechseln. »Ich habe meine Geige mit neuen Saiten bespannt.«

»Ich weiß nicht recht …«, meinte Fräulein Schmitt und warf einen weiteren argwöhnischen Blick auf Herrn Dalp, in dessen Mundwinkeln immer ein Lächeln zu finden war.

Sie hatte eine schöne, klangvolle Stimme. Goll glaubte, sie hätte als Sängerin Karriere machen können, doch statt dessen hatte sie nur hinter der Theke des Schreibwarenladens gestanden, in welchem er Papier, Stifte und neue Farbbänder für seine Schreibmaschine gekauft hatte. Schließlich war die alte Frau Menger, der das Geschäft gehörte, gestorben, ihre Erben hatten die Handlung liquidiert und Fräulein Schmitt gekündigt. Fast wäre der Papagei, der das Maskottchen des Ladens gewesen war, ins Tierasyl gekommen. Goll hatte davon erfahren und ihn für wenig Geld erworben.

»Sie würden mir eine große Freude machen«, bat Goll. »Sie wissen, wie sehr mir Ihre Stimme gefällt.«

»Ach, Jakob, Sie machen mich unglücklich«, erwiderte Fräulein Schmitt, und Goll bemerkte, daß ihr Gesicht plötzlich alt und traurig aussah.

»Habe ich etwas Falsches gesagt?« fragte er.

Sie schüttelte den Kopf, schwieg und trank das halbe Glas Rotwein aus, das neben ihrem Teller stand.

»Ich hätte auf die Musikhochschule gehen können«, sagte sie dann. »Ich hätte die Aufnahme ganz sicher bestanden. Vielleicht würde ich heute in allen Opernhäusern der Welt singen, an der Opéra de Paris, der Scala, der Met. Aber meine Eltern sagten, Fräulein, sagten sie, lern was Solides.«

Sie blickte betrübt in ihren Teller, auf dem das verbliebene Bratenstück in einer rötlich-braunen Soße schwamm.

»Auch mir wäre es eine Freude, Sie singen zu hören«, sagte Dalp und ließ für einen Moment seine weißen Zähne hinter den Lippen hervorblicken. »Nach dem Dessert, ich bitte Sie.«

»Wir werden sehen«, antwortete Fräulein Schmitt, immerhin ein wenig geschmeichelt.

»Ich habe eine Kaltschale im Kühlschrank«, verriet Goll. »Aus Birnen.«

Dalp hob sich mit der Gabel eine weitere Scheibe Fleisch auf den Teller, die er reichlich mit Soße übergoß. »Nirgendwo bekomme ich etwas so Köstliches zu essen wie bei Ihnen. Sie sind ein Meister, ein wahrer Meister.«

»Nirgendwo?« fragte Fräulein Schmitt. »Auch nicht bei Ihrer Frau?«

»Meine Frau«, gestand Dalp, »hat leider gar kein Talent für die Küche. Ich übertreibe nicht, wenn ich sage, daß ihre ganze Kochkunst darin besteht, Konserven zu öffnen.«

Er machte eine Geste, als hantiere er mit einem Dosenöffner, wobei er die Lippen in einer Weise schürzte, die seinem Gesicht einen etwas dümmlichen Ausdruck gab, in welchem Goll sofort die Karikatur der Gattin erkannte.

»Zudem«, fuhr Dalp fort, »ist sie überhaupt nicht für Abwechslung.« Und er schilderte auf sehr lustige Weise, daß seine Frau ihm seit Jahren die gleichen vier Gerichte vorsetzte. An besonderen Festtagen, an ihrem Hochzeitstag oder zu Weihnachten, brate sie ihm einen Fisch, den sie aber auf derart unappetitliche Weise zubereite, daß er nur aus Höflichkeit davon esse. »Wenn mich Jakob nicht so häufig einladen und mit seinen erlesenen Speisen füttern würde, es wäre nicht auszuhalten. Dank, mein Freund. Immerwährender, tausendfacher Dank.«

Er nahm Golls Hand und drückte sie.

»Vielleicht«, bemerkte Fräulein Schmitt, »wäre es eine gute Idee, wenn Sie Ihre Frau einmal mitbrächten. Es könnte sie kulinarisch auf neue Gedanken bringen.«

»Oh«, meinte Dalp, und wieder spielte ein Lächeln um seine Lippen, indem er das Fräulein betrachtete, »das möchte ich lieber nicht.«

In seinem Bart verfing sich ein Tropfen Soße, den seine erstaunlich flache und geschickte Zunge sogleich fortleckte.

Goll seufzte; und im geheimen Leben, das er ständig führte, stieg aus dem schlichten Kleid der Blonden ein süßer Duft nach Blumen und Früchten.

»Ich liebe dich«, flüsterte Goll.

Alma lachte. Sie küßte ihn auf den Mund, und für eine Sekunde spürte er ihre Zunge zwischen seinen Lippen.

Goll erinnerte sich an das Rascheln ihres Kleides, an die Seidenschlüpfer, die sie trug, und an die blauen Äderchen, die durch die Haut ihrer Brüste schimmerten; und wie jedesmal, wenn er daran dachte, fragte er sich, ob die Liebesbekundungen Almas von Anfang an Schauspielerei gewesen seien. Objektiv betrachtet war er kein attraktiver Mann, eher ein Sonderling, ängstlich bis zur Feigheit. Bei kritischer Selbstprüfung war es praktisch ausgeschlossen, daß sie jemals etwas anderes in ihm gesehen hatte. Wie dumm und vermessen war es gewesen, ihren Worten zu glauben.

Und doch hatte es Momente gegeben, intime Momente, gewisse Augenblicke, deren Schönheit sich durch kein Mißtrauen besudeln ließ.

Seit damals hatte er Alma nur noch ein einziges Mal gesehen. Es war nun sechs oder sieben Jahre her, daß sie ihm unerwartet auf der Straße entgegengekommen war, an jeder Hand hatte sie ein Kind geführt. Ob es ihre eigenen gewesen waren, wußte Goll nicht zu sagen. Sie war an ihm vorübergegangen und hatte ihn nicht bemerkt.

Dalp zog seinen rechten Schuh aus, streifte sich die Socke vom Fuß und leckte sich die Zehen, bis diese vollkommen sauber waren.

»Ich hätte gern …«, begann Fräulein Schmitt.

»Was wünschen Sie?« fragte Goll.

»Ich … ich hätte gern …«

Die Kerzen, die den Tisch festlich erleuchtet hatten, waren verloschen; statt dessen wurde der Raum von einer Stehlampe trüb erhellt.

»Ich hätte gern … ein großes Paket Warner-Schreibmaschinenpapier«, krächzte Fräulein Schmitt, während Dalp die Prozedur mit dem linken Hinterfuß wiederholte.

Neben ihm auf dem Stuhl, auf einer Unterlage aus Zeitungspapier, befand sich der Napf, aus dem er sein Hackfleisch gefressen hatte.

Goll stocherte mit seiner Gabel in der Dose Bierwurst, die er zwischen den Knien festhielt. Er spießte ein Stück auf, steckte es sich in den Mund und schob einen Bissen Brot hinterher.

Fräulein Schmitt flatterte in ihrem Käfig.

»Köstlich«, sagte sie. »Einfach köstlich.«

44

»Ach«, entgegnete Goll bescheiden, »eine solche Kaltschale ist schnell gemacht. Ein ganz simples Rezept.«

Herr Dalp wischte sich mit der rechten Faust, die er mit Speichel angefeuchtet hatte, das Gesicht.

»Sie haben mich vor dem Hungertod bewahrt, mein Guter. Jeden Mittag, wenn meine Frau mir eins ihrer vier Gerichte vorsetzt, sehne ich mich danach, wieder Ihr Gast zu sein.«

Mit diesen Worten sprang er Goll, der die Dose und das Besteck beiseitegestellt und sich einladend auf die Schenkel geklopft hatte, auf den Schoß. Er legte sich ihm auf die Brust, barg wie ein kleines Kind den Kopf an seinem Hals und fing nach einigen Augenblicken an zu schnurren.

Fräulein Schmitt nahm sich eines der Birnenstückchen, die Goll ihr in den Käfig gelegt hatte, und drehte es in ihren Krallen.

»*Frère Jacques, Frère Jacques …*«

Goll dachte an den wunderbaren Duft der blonden Frau, den er mitunter in seiner Wohnung wahrzunehmen glaubte. Sie war hübsch, eine Schönheit geradezu, schlank und zierlich, mit schmalen Schultern und so viel Haar, daß man immerzu hineinfassen wollte, um in dieser Pracht zu wühlen. Ihre Zähne waren blendend weiß.

Fräulein Schmitt sang mit heller Stimme, bis Herr Dalp von Golls Schoß sprang. Er streckte sich, indem er den rechten Hinterlauf in die Luft hielt. Dann eilte er zur Wohnungstür und scharrte an ihrem Holz.

Goll stand auf und ließ ihn hinaus.

»Auf Wiedersehen.«

»Auf Wiedersehen, Herr Goll. Bis bald«, sagte Dalp und huschte in mehreren Sprüngen den dunklen Korridor hinab.

Goll schaute ihm nach so weit das Licht reichte, das aus seiner Wohnung fiel; dann kehrte er ins Wohnzimmer zurück und legte über den Käfig des Fräuleins ein weißes Tuch.

———

DER TAUBENSCHLAG

»Wie groß einem der Raum vorkommt ohne Möbel«, sagte Mama. »Wie groß einem das ganze Haus vorkommt!«

Die Schatten meiner Eltern fielen durch die halb geöffnete Tür des Wohnzimmers in den Flur; durch ein Fenster des Aufgangs war das Geäst des kahlen Walnußbaums zu sehen, der vor dem Haus stand und im Wind gestikulierte.

Anton hatte sich neben mich auf die Treppe gesetzt. Mein Bruder war neun Jahre alt, ein Jahr jünger als ich selbst, aber weit zarter und von schmächtigem Wuchs. Er hatte glattes, schwarzes Haar, schmale Lippen und blaue, etwas glasige Augen. Er stützte die Ellbogen auf die Knie, die aus seiner kurzen Hose hervorschauten.

Meine Mutter schwelgte in Erinnerungen, jeder Augenblick der elf Jahre, die sie in diesem Haus gewohnt hatte, schien vor ihr aufzusteigen. Überhaupt liebte sie es, aus ihrem Leben zu erzählen, und weil sie bestimmte Ereignisse immer wieder und in allen Einzelheiten beschrieb, meinte man schließlich, selbst dabeigewesen zu sein. Die Hochzeit der Eltern beispielsweise stand mir klar vor Augen. Sie hatte im Mai vor fünfzehn Jahren stattgefunden, mein Vater hatte sich eine seidene Krawatte gekauft.

Nach der kirchlichen Trauung feierte man in einer Gaststätte. Die Stimmung war ausgelassen, eine Kapelle spielte, es wurde getanzt, und ein Alleinunterhalter, den Papa zur Belustigung der Gäste engagiert hatte, riß Witze, die über die Gesichter der Erwachsenen einen fetten Glanz breiteten.

Meine Eltern hatten keine Verwandten, die meisten Personen, die das Fest besuchten, gehörten zu den Vereinsbrüdern meines Vaters. Jemand hielt eine Rede, in der er behauptete, daß man die aufrichtige Liebe der Braut an ihrem Blick erkennen könne. Ganz sicher habe sie es nicht auf das Geld ihres Mannes abgesehen. Man lachte viel.

»Eine neue Wohnung ist ein neuer Anfang«, sagte Mama.

Anton preßte die Lippen aufeinander, und in Gedanken schlich ich durchs Haus: aus dem Keller, wo sich das Bad befand, herauf ins Erdgeschoß; ich ging durch das Wohnzimmer und die Küche und schließlich die Treppe in den ersten Stock empor, auf der meine Mutter eines Tags so schwer gestürzt war, daß sie fortan stechende Schmerzen im Unterleib verspürte, wenn es zu regnen begann. Im ersten Stock lagen das Kinderzimmer und der Schlafraum der Eltern. Ich öffnete eine Seitentür, hinter der sich eine eiserne Wendeltreppe verbarg, über die mein Vater jahrelang zu seinem Taubenschlag aufs Dach gestiegen war. Den Holzkasten gab es noch, die Vögel allerdings waren verschwunden, Papa hatte sie allesamt getötet. Ich ging um den Schlag herum und sah in den Abgrund hinab.

Ein Windstoß ließ die Fenster klirren.

Mama redete davon, wie sie die Wohnung ausschmücken werde. Freilich waren viele Möbel verkauft worden, die in unserer neuen Bleibe keinen Platz gehabt hätten.

Sie war eine einfache, praktisch denkende Frau, deren Gesicht immer frisch eingecremt war, und wenn sie mich umarmte und ihre Wange an die meine drückte, ließ sie auf meiner Haut einen hellen Duft nach Wachs und Fett zurück. Nachmittags arbeitete sie als Verkäuferin in einer Drogerie.

Vater hingegen hatte bis vor einem Jahr sein Geld als Schlosser verdient und Abend für Abend nach rostigem Eisen gerochen, was mich stets an den Geschmack von Blut erinnert hatte. Er besaß dicke, schmutzige Fingernägel, plumpe Hände, einen gedrungenen Leib, ein rundes Gesicht, dazu große, blaue Augen, und er schwitzte viel, wodurch immer ein Schimmern auf seiner Haut war, selbst jetzt im Winter. Vielleicht aber, ich weiß nicht mehr, hatte das Schimmern der Haut und das Glitzern der Augen erst begonnen, als Anton jenes Unglück zugestoßen war.

Mein Bruder schaute die Treppe hinab. Er verfolgte die Bewegungen der Schatten, die über den Boden des Flurs krochen. Da er recht dünn war, schien sein Kopf übergroß zu sein. Jeden Tag, wenn ich aus der Schule gekommen war, hatte sich Mama auf den Weg zur Arbeit gemacht. Sie hatte befürchtet, daß in ihrer Abwesenheit etwas geschehen könne, weshalb sie stets alle Räume abgesperrt und lediglich die Toilette und das Kinderzimmer offen gelassen hatte.

Sie drängte zum Aufbruch, denn sie schämte sich vor den Käufern, die in einer Stunde erscheinen würden und vielleicht von unserer Lage erfahren hatten. Um ihnen zu zeigen, daß dies ein anständiger Haushalt gewesen sei, hatte sie das Gebäude gründlich gesäubert, sogar den Staub auf den Türrahmen hatte sie entfernt. Die Fenster waren mit Spiritus abgewischt und mit Zeitungspapier blankgerieben worden. Trotzdem wirkten die Zimmer schäbig und verwohnt; denn wo Schränke gestanden hatten, waren bleiche Vierecke auf den Tapeten zurückgeblieben, und in den Teppich hatten sich die Füße der Kommoden und die Beine der Tische eingedrückt.

Unter der Haustür drang kalte Luft in den Flur. Ich rieb mir die klammen Hände und preßte die Arme an den Leib. Eine Nacht im vorigen Herbst tauchte in mir auf. Vater stand betrunken vor dem Haus und brüllte nach meiner Mutter, sie solle kommen und ihm aufsperren, er habe seinen Schlüssel verloren.

Anton und ich lagen bereits im Bett. Seit dem Unfall kroch er jede Nacht unter meine Decke, und er drückte sich an mich, während die Pantoffeln der Mama ins Erdgeschoß hinabeilten. Sie wollte nicht, daß die Nachbarn etwas mitbekamen.

Dann hörten wir ein dumpfes Geräusch, und das Geheul des Vaters tönte durchs Haus. Offenbar war er auf der Schwelle gestolpert und schmerzhaft gestürzt. Seitdem er die Tauben umgebracht hatte, war etwas Pralles und Verrücktes an ihm.

Am nächsten Morgen ging er nicht zur Arbeit, sondern verbrachte diesen Tag und viele andere, die auf ihn folgten, in der Küche am Frühstückstisch. Er trank Bier, las die Zeitung und hörte Radio. An manchen Tagen fuhren die Eltern zur Bank.

Mein Bruder zog die Schultern hoch. Die Iris seines rechten Auges war verletzt: Unterhalb der Pupille leuchtete ein roter Fleck.

Mama hatte vergessen, die Tür abzuschließen, durch die man auf die Dachterrasse gelangen konnte. Es war Sommer, und Anton trug eine kurze Hose. Ich fragte, ob er mit mir zu den Tauben gehen wolle.

»Matthias!« rief mein Vater. »Wir fahren!«

Ich erhob mich von der Treppe; auch Anton stand auf.

In späteren Jahren, als ich erwachsen geworden war und er mich seltener besuchte, entfernten wir uns voneinander. Es kommt vor, daß ich mich nicht mehr an sein Gesicht erinnern kann, und der Klang seiner Stimme ist aus meinem Gedächtnis verschwunden.

»Ich komme gleich!« rief ich und eilte mit ihm die Treppe zum Kinderzimmer hinauf.

Der Raum hatte eine niedrige Decke. In den Wänden, an denen Regalbretter und Bilder befestigt gewesen waren, klafften zahlreiche Löcher, meine Schritte erschienen mir unnatürlich laut. Auf der Tapete war eine dunkle, glänzende Stelle. Hier hatte ich jahrelang geschlafen und im Traum meine Stirn gegen die Wand gedrückt.

Anton ging ans Fenster, vor dem der Walnußbaum sich gebärdete wie ein lebendiger Schatten. Mein Bruder streckte sich, um hinaussehen zu können, und ich schlich zur Zimmertür: Mit einem Sprung war ich im Flur und drehte den Schlüssel um. Ich hielt den Atem an. Aus dem Raum war kein Laut zu hören.

Vater erwartete mich im Parterre, die Mama war schon zum Wagen gegangen. Ich schlüpfte in meinen warmen Mantel, setzte mir die Wollmütze auf den Kopf, und wir verließen das Haus. Vater sperrte ab und steckte den Schlüssel in den Postkasten. In den Vorgärten lag Schnee, und die Straße war menschenleer.

Ich blickte zum Fenster des Kinderzimmers hinauf, konnte Anton aber nicht erkennen; die Wolken spiegelten sich in der Scheibe.

Nur eine halbe Stunde hatte es gedauert, bis das letzte Flügelschlagen und Gurren unter Vaters Beil verstummt und eine fürchterliche Stille eingetreten war.

Wir überquerten den Bürgersteig. Vater öffnete mir die Hintertür des Wagens und ich stieg ein. Meine Mutter hatte auf dem Beifahrersitz Platz genommen und wischte sich mit dem Handrücken die Wangen ab. Anton saß auf der Rückbank. Der rote Fleck in seinem rechten Auge leuchtete hell, und er stützte die Ellbogen auf die Knie, die aus der kurzen Hose hervorschauten.

———

DER PUPPENMACHER

Ich schloß die Sakristei ab und machte mich auf die Suche nach der Rue Ficelle. Sie war ein enges, kaum mannsbreites Gäßchen, das sich wie ein Wurm zwischen den Häusern hindurchwand. Schon oft war ich an ihr vorübergegangen, ohne sie zu bemerken.

Ich drückte die Klinke und trat ein. Über der Tür läutete ein silbernes Glöckchen.

»Einen Moment!« ließ eine dünne Stimme sich vernehmen. Sie drang aus dem Hinterzimmer ins Geschäft, dessen Regale vollgestopft waren mit Gliedern und Köpfen und durchsichtigen Plastikschachteln, aus denen schöne Augen blickten.

»Bitte einen Moment Geduld«, rief die Stimme, »ich komme gleich.«

Ich ging zum Hinterzimmer, die Schiebetür stand einen Spaltweit offen, wie der Mund eines Schläfers. Der Raum wurde, weil das Fenster auf einen dunklen Hof schaute, von einer Arbeitsleuchte erhellt, deren spärliches Licht sich an Flaschen und Dosen, an Zangen, Lupengläsern und Pinzetten spiegelte.

»Ach, du bist's!« rief Monsieur Mourguet.

Ein absurder Gedanke stieg in mir auf. Es kam mir vor, als hätte ich einst selbst bei dem Puppenmacher gelebt. Doch die Vorstellung ähnelte jenen schattenhaften Erinnerungen an die Kindheit, in denen man von Geistervolk umgeben ist und ein schwarzer Mann unter dem Bett mit den Zähnen knirscht.

Ich saß auf einem der Tische und spielte mit den Puppenaugen, die ich mir zum Vergnügen so in die gewölbte Hand zu drücken wußte, daß es aussah, als wüchsen sie zwischen den Fingern und aus dem Handteller hervor. Ich schloß und öffnete die Faust, die Augen blinzelten.

»Die Ringschrauben«, brummte mein Vater, »gib sie mir.«

Ich reichte ihm ein Pappschächtelchen, er faßte mit spitzen Fingern hinein, fischte eine Schraube um die andere heraus und drehte sie der Marionette in den Rumpf. Je länger er an ihr arbeitete, desto mehr ähnelte sie einem Menschen, der zerschmettert und in seine Einzelteile zerrissen war. Den Kopf hatte Papa beiseite gelegt: die Augen hatten einen starren Blick, und der Mund war aufgeklappt, so daß man im Unterkiefer die kleinen Zähne sehen konnte.

Zwischen den Rundhölzern, aus denen Arme und Beine gefertigt waren, klebte Vater kurze Lederstücke ein, die als Gelenke dienten. Schuhe und Soutane wurden dem mageren Leib angezogen, Hände an die Unterarme gesetzt und die Fäden mit einer Nadel durch die Kleidung geführt. Hier und da zeigte sich schon das Leben, denn die Hände bewegten sich mitunter von selbst, faßten sogar die Hand meines Vaters, um sogleich wieder auf den Tisch zurückzufallen. Der Kopf wurde eingehakt und wandte sich langsam zur Seite.

»Das Spielkreuz«, verlangte Papa und sah auf die Uhr, die über dem Tisch an der Wand hing, denn Madame Vitus wollte schon in einer halben Stunde vorbeikommen, um die Marionette abzuholen.

Als die Puppe aufgebunden war, ließ der Vater sie über den Boden der Werkstatt schreiten, die Rechte zum Segen erhoben. Auch das Kreuz vermochte sie zu schlagen und mit einem winzigen Aspergill spritzte sie geweihtes Wasser über die toten Fliegen und Staubmäuse, die zu ihren Füßen lagen.

Das silberne Glöckchen über der Ladentür läutete hell. Der Pfarrer hielt in seinen frommen Übungen inne.

»Das wird sie sein«, vermutete ich und deutete auf die Uhr, die im selben Augenblick Mittag schlug. Das Törchen sprang auf, ein Vogel hüpfte daraus hervor, hob seine Flügel und schrie zwölf Mal. Eine Schwinge war zerbrochen, und ein rostiger Draht ragte wie ein Knochen aus dem geschnitzten Gefieder. Die Farbe, mit der man das Tier einst bemalt hatte, war abgeblättert. Im Innern der Uhr knirschten Zahnräder ineinander.

Papa ging zur Tür, schob sie auf und führte den Geistlichen hindurch, der den Kopf senkte und mit den Perlen eines Rosenkranzes spielte.

»Du bist gebenedeit unter den Frauen«, sagte er, »und gebenedeit ist die Frucht deines Leibes …«

Madame Vitus roch nach dunklem Honig. Sie war ausnehmend schön und hatte ein sehr anziehendes Lachen, das ein Lied davon sang, was für ein Wunder an Gesundheit und Frische sie war. Der Busen war üppig, das braune Haar fiel ihr in reichen Locken über die Schultern, und in ihrem Blick funkelte etwas Ungreifbares, das die Seele meines Vaters erschreckt und mit Sehnsucht erfüllt hatte.

»Ausgezeichnet haben Sie das gemacht, Monsieur Mourguet«, lobte Madame.

Papa reichte ihr das Spielkreuz und der Pfarrer rannte auf sie zu.

»Wirklich ein kleiner Mensch«, rief Madame, und ich träumte, die Puppe zu sein und aus ihren gläsernen Augen hervorzublicken. Es war eine Vorstellung, wie ein Kind sie ersinnt. »Erlöse uns von dem Bösen«, flüsterte ich.

»Als wäre sie lebendig«, bemerkte Madame Vitus anerkennend und zupfte an den Fäden.

Ihr Atem ging tief, und Schweißperlen rollten ihr zwischen die Brüste. Offenbar hatte sie sich beeilt, um die Puppe, wie es vereinbart war, noch vor der Mittagspause abzuholen. Mein Vater betrachtete sie mit einem scheuen Blick.

Madame Vitus hatte eine gute Partie gemacht: An der Seite ihres Gatten würde sie, nach aller menschlichen Berechnung, bis zu ihrem Tod ein sorgloses, ja luxuriöses Leben führen, und ins Gesicht meines Vaters malte sich dieses Unglück, sooft er Madame sah. Der Gedanke, daß seine Träume ebenso schön wie hoffnungslos waren, brachte ihn der Verzweiflung nahe, und er beobachtete die Geliebte, saugte ihr Aussehen und ihre Bewegungen auf, während sie plauderte und von alltäglichen Dingen erzählte. Bisweilen, in Momenten einer rätselhaften Intimität, verriet sie, daß ihr Gatte ein braver Mann, im übrigen aber etwas dumm und langweilig sei.

»Geheiliget werde Dein Name«, wisperte ich, »zu uns komme Dein Reich.«

Madame drehte das Spielkreuz und prüfte mich von allen Seiten. »Sie haben sich selbst übertroffen, Monsieur Mourguet«, urteilte sie.

Papa erwiderte nichts. Seine Hände zitterten, denn als Madame zu ihm gekommen war, um die Marionette zu bestellen, hatte sich ein bedauerlicher Vorfall ereignet, und er fürchtete, sie werde darauf zu

sprechen kommen, obwohl er anschließend sofort
sein Bedauern ausgedrückt und um Vergebung gebeten hatte.

An jenem Tag hatte Madame ihren tapferen Gatten mehr denn je gelobt, der sehr treu sei und für-
sorglich und keinen Hochzeitstag vergesse, aber leider so gar nichts Spontanes an sich habe, nichts
Überraschendes oder Aufregendes, verstehen Sie,
Monsieur Mourguet? Und mein Vater hatte ihr zu-
gehört, wie sie redete, pries und klagte und gele-
gentlich über ihren Mann lachte, dessen Artigkeit
sie mit kleinen, witzigen Geschichten zu illustrieren
wußte. »Ist es nicht zum Verrücktwerden mit ihm?«
fragte sie ein ums andere Mal. Papa nickte, doch
mehr, um den Schein zu wahren, und er zog seine
Lippen in die Breite, um Heiterkeit vorzutäuschen,
während ein Irrwitz in seiner Brust zu klopfen begann und sein Gesicht äußerst weiß wurde. Ich erinnere mich, daß er sich mehrmals schüttelte, um den
Gedanken, der ihm gekommen war, von sich zu
schleudern, er rang nach Luft. »Aber Monsieur
Mourguet, ist Ihnen nicht gut? Was haben Sie
denn?« fragte Madame Vitus, der die Veränderung
nicht entgangen war. Da sprang ihm das Geheimnis
aus dem Mund.

Niemals, fuhr er fort, habe er eine Frau von grö-
ßerer Schönheit gekannt. Er stellte sich vor sie hin,
richtete sich zu ganzer Größe auf und forderte mit
lauter Stimme: »Verlassen Sie Ihren Mann. Und
heiraten Sie mich.«

Madame war zu verblüfft, um sogleich zu antwor-
ten.

Sie hatte meinen Vater mit einem Ausdruck größter Verwunderung angehört. Die Brauen hatte sie

hochgezogen, den Mund fingerbreit geöffnet und den Oberkörper zurückgeneigt, dermaßen hatte es sie in Erstaunen versetzt, wie sehr sich der Puppenmacher in seinem grauen Kittel vergessen konnte.

Sie trat einen Schritt zurück und ließ ihren Blick über die halben Puppen und die Schachteln voller Augen gleiten; über die Werkzeuge und Farbdosen; über die toten Fliegen und den Staub.

Unsere Blicke begegneten sich: Ich war noch nicht geboren, ich lag in Einzelteilen in Tüten und Schubladen verborgen und sah aus einem Becher voll gläserner Augen, wie sich Madame Vitus meinem Vater wieder zuwandte und er die stolze Haltung verlor, die ihn für einen tollkühnen Moment in einen schönen Mann verwandelt hatte. Seitdem war eine Woche vergangen.

Vater zog eine Pappschachtel unter dem Ladentisch hervor, um mich darin zu verpacken.

Madame legte mich vorsichtig auf die Theke und zählte ihm das Geld hin.

»Ich bedanke mich«, erwiderte er zaghaft.

Er nahm die Scheine, rollte sie zusammen und schob sie in seinen Kittel.

Sie klappte ihren Geldbeutel zu. Eine Sekunde lang hatte das Bild ihres Gatten aus dem Portemonnaie hervorgeblickt. Sie steckte es in ihre Handtasche, in ein enges Stoffach, wo ihm kein Unrecht geschehen konnte, und verschloß die Tasche mit einem Knopf.

»Ich werde meinen Mann nicht verlassen«, erklärte Madame Vitus.

Am Abend trat sie aus der Werkstatt und führte mich bei sich. Wie strahlte ihr Mann über das unerwartete Geschenk.

———

DER SPIEGEL

In der schweren Zeit lebte ich in einer Wohnung, die mich nur mangelhaft vor den Geräuschen der angrenzenden Unterkünfte schützte. Sie hatte eine niedrige Decke, und die Tapete bedrückte mich, weil sie mit roten Flecken übersprenkelt war. Jeden Abend im Bett flüsterte ich mir zu: »Ich liebe dich. Hab' keine Angst. Sei nicht traurig.« Dabei streichelte ich mir die Arme und das Gesicht.

Auch war es mein Ritual, jeden Abend mit dem Badspiegel zu sprechen. Ich rechtfertigte mich für alles, was geschehen war: »Es ist die Schuld der Vera Gotzmann gewesen«, erklärte ich. »Sie hat ihr das Lügenmärchen aufgetischt, daß sie, die Vera, und ich etwas miteinander hätten, und Marie hat ihr geglaubt. Als Vera gegangen und Marie ganz allein mit sich war ... da hat sie an die Messer im Küchenschrank gedacht.«

Derlei Monologe verwandelten sich in Gebete, denn ich benannte zuerst Gott als Zeugen meiner Unschuld, sprach dann aber mit dem Herrn selbst und erklärte Ihm, jede Buße, die Er mir auferlegen wolle, gern zu ertragen, sollte doch eine Schuld mich treffen.

Gott verzog das Gesicht und lächelte spöttisch.

»Es kommt Mir nicht darauf an, ob du die Strafe gern oder ungern erträgst«, sagte Er, und ich duckte mich unter dieser Zurechtweisung, die zweifellos eine eigene Strafe nach sich ziehen würde.

Aus Moogs Wohnung drang ein lauter Ruf, der nicht zu verstehen war.

Der Alte, dachte ich, hat bös' geträumt. Er ist aufgewacht und hat das Licht angeschaltet, er glaubt, verrückt zu werden.

Ich verstand seine Angst. Auch ich wußte, was Verzweiflung war, und in meinen Träumen erblickte ich im Badspiegel Marie, deren Arme und Wangen mit Bißmalen übersät waren. Ich fragte, was ihr passiert sei, aber sie wollte es mir nicht sagen, sondern schüttelte nur den Kopf und hielt sich den Zeigefinger vor den Mund, wobei sie mit den Augen hinter sich deutete.

Dort saß ihre Mutter am Küchentisch und aß. Sie lachte in einem fort, ihr Mund war rot verschmiert. Marie trat ein wenig beiseite, so daß ich einen besseren Blick gewann, und ich sah, daß ihr Vater gleichfalls am Tische saß und von Heiterkeit und Eßlust ergriffen war. Kichernd bohrte er seine spitzen Zähne in ein Stück Fleisch.

Wieder schrie jemand in Moogs Wohnung; diesmal klang es wie eine junge Frau.

Ich warf meinen Bademantel über und klopfte an seine Tür.

»He! Moog!« rief ich. »Seien Sie still! Was fällt Ihnen ein?«

Ich schaute zu Boden und bemerkte, daß sich eine Pfütze Blut unter der Tür ausgebreitet hatte, als wäre hinter ihr ein Tier geschlachtet worden. Mit beiden Füßen stand ich in der Lache.

Am nächsten Morgen fand ich beim Aufwachen ein Papier unter meinem Kopfkissen. Der Greis hatte eine Entschuldigung darauf geschrieben, in einer Handschrift, die etwas kindlich Gemaltes an sich hatte. Es war eine inständige Bitte, ihm zu verzeihen. Natürlich müsse man aufeinander Rücksicht nehmen, gerade in diesem Haus. Ich vernichtete das Blatt sogleich, indem ich es aufaß. Nur so konnte ich sicher sein, daß man es nicht finden würde.

Ich erinnere mich gut an Moogs ausgetretene, braune Lederschuhe, deren Schnürsenkel gerissen und mit Knoten repariert waren. Seine Kleider hatte er mit Flicken instand gesetzt. Sooft ich den Alten sah, trug er eine dünne Strickjacke am Leib, die mit großen, plumpen Knöpfen bis zum Hals geschlossen war. Aus der Nase und den fleischigen Ohren quollen graue Haare. Er hatte schwarze, stark glänzende Augen.

»Kommen Sie herein, Herr Scharnack«, sagte er und trat einen Schritt zurück. Seine Handrücken waren von feinen Rissen durchzogen, in denen getrocknetes Blut klebte, einige Finger waren mit Pflastern versehen, und quer über die linke Wange zog sich ein roter Strich. Die weiße Katze, die jene Wunden verursacht hatte, lag auf dem Sofa, ihr Fell leuchtete, und ihre Augen schimmerten gleich grünen Edelsteinen.

Jeden Wochentag um zehn Uhr ging Moog aus dem Haus, um seine Einkäufe zu erledigen. Während er den Parkplatz überquerte und auf die lärmende Straße zuschlich, blickte er ständig zurück, als wisse er, daß ihn jemand beobachtete, und er gab ihm allerlei Zeichen. Ich glaubte, daß die Katze aufs Fensterbrett gesprungen sei und sich wie toll gebärdete; und Moog versuchte, sie mit hundert Gesten zu beruhigen.

Die Wohnung erzählte von der Zerstörungslust des Haustiers. Wo es seine Krallen eingesetzt hatte, waren die gepolsterten Möbel zerschlissen; in den Vorhängen klafften augengroße Löcher, und an vielen Stellen war die Tapete von der Wand gekratzt, wodurch zwei ältere Tapeten und der nackte Putz zum Vorschein gekommen waren.

»Nehmen Sie doch hier im Sessel Platz, Herr Scharnack. Ich böte Ihnen gern das Sofa an, aber Frau Malik ist nicht willens, ihren Platz zu räumen.«

Ich ließ mich im Sessel nieder, das braune Stoffpolster war an mehreren Stellen mit Zwirn geflickt. Trotzdem drang die Füllung, die aus gelbem Schaumgummi bestand, aus den Nähten hervor, die das Gewebe nur unvollkommen verschlossen. Die Katze verfolgte jede meiner Bewegungen.

Moog ging in die Küche und setzte Wasser auf den Herd.

Im Wohnraum standen außer dem Sessel und dem Sofa ein Tisch, ein Holzstuhl, ein schmaler Schrank sowie ein Bett und ein Fernseher. An der Wand hing ein Regal, worin neben Figürchen aus billigem Porzellan halb verblaßte Photographien standen.

»Möchten Sie lieber schwarzen oder roten Tee?« fragte Moog, der mit einem Tablett zurückgekehrt war.

»Roten«, antwortete ich, und der Alte goß Wasser in zwei Tassen und öffnete eine Blechdose.

Mit der Zeit verändern sich die Erinnerungen, und im Alter haben sie sich weit von der Wirklichkeit entfernt, überlegte ich.

»Zucker?« fragte Moog.

Ich nickte, und er reichte mir ein Glasschälchen. Die Katze ließ ein Knurren hören.

»Sie ist eifersüchtig«, wisperte er.

Schließlich wird die blanke Erfindung zur Wirklichkeit.

Moog jammerte über die Nebenwirkungen all der Medikamente, die seine Gedanken entstellten. »Wenn ich die gelbe Pille nehme, werde ich so schnell müde, daß ich es kaum mehr ins Bett schaffe«, raunte er, als vertraue er mir ein Geheimnis an. »Und die Träume, die ich dann habe!« Dabei warf er einen schüchternen Blick auf die Katze.

Vera Gotzmann wird unbeschwert sterben, wenn die Erinnerung an ihr Verbrechen sie verlassen hat. Aber Gottes Gedächtnis ist lückenlos.

Sooft meine Gedanken in diese Richtung gingen, stellte ich mir die Frage, ob mich Marie im Paradies erwarten werde, ob sie erfahren habe, wie es tatsächlich gewesen war.

Sie wird um deine Unschuld wissen; Gott selbst hat ihr alles erklärt, tröstete ich mich.

Unterdessen war Frau Malik unbemerkt vom Sofa zu mir auf den Sessel geklettert und hatte sich in meinen Schoß gelegt: Ganz von selbst hatte ich angefangen, sie zu streicheln. Sie drehte sich auf den Rücken und forderte mich auf, ihren Bauch zu liebkosen. Der Leib der Dämonin knisterte von elektrischen Entladungen.

»Die Wände sind so dünn, daß man die Nachbarn atmen hört. Ich bedaure, daß ich Sie aufgeweckt habe«, sagte der Greis.

Frau Malik ließ die scharfen Klingen ihrer Tatzen hervorschnellen.

Wieder hielt sich Marie den Zeigefinger vor den Mund und deutete mit den Augen hinter sich. Ihre Mutter nahm am Küchentisch Platz. Der Vater war nicht da, er war Fernfahrer und ließ sich oft einen ganzen Monat lang nicht zu Hause blicken. Er freute sich nicht darauf, zurückzukehren. Während seiner Abwesenheit war Marie gezwungen, an seiner Statt im Bett der Eltern zu schlafen. Die Angst der Mama mußte vertrieben werden.

Nur wenige Male war ich in ihrem Haus. Die Mutter empfing mich mit verlogener Freundlichkeit, aus der die Feindschaft wie eine Messerspitze hervorblickte. Alle zwei Minuten trat sie unter einem Vorwand ins Zimmer ihrer Tochter, die mich nicht zu küssen wagte.

Marie war fünfundzwanzig Jahre alt, vier Jahre jünger als ich selbst. Sie hatte kinnlanges, glänzendes Haar, das ebenso pechschwarz war wie das der Mutter, und ein schmales Gesicht mit himmelblauen Augen.

»Ich schwöre dir«, sagte ich und deutete auf ihre Pulsadern, aus denen das Blut hervorspritzte, »ich schwöre dir, daß deine Mutter Vera Gotzmann beauftragt hat, diese Lügengeschichte zu erzählen.«

Marie senkte den Blick.

Ich wusch mir das Blut vom Gesicht. Frau Malik hatte mir quer über die rechte Wange eine Furche gezogen. Auch die Handrücken und Arme hatte sie mir zerkratzt, als ich versucht hatte, ihren Angriff abzuwehren, und zwei Finger aufgeschlitzt, die ich mit einem Pflaster versah.

Es klopfte an meiner Tür.

»Herr Scharnack, ich bin's«, rief Moog.

Ich öffnete nicht und fand am Morgen einen weiteren Entschuldigungsbrief unter meinem Kopfkissen. Er begreife nicht, was in die Katze gefahren sei,

behauptete der Greis. Je älter sie werde, desto jäh-
zorniger führe sie sich auf. Auch diesmal verspeiste
ich das Papier.

Der Kaffee war aufgebraucht. Ich kleidete mich
an und ging aus dem Haus, um meine Einkäufe zu
erledigen, über den Parkplatz und die Hauptstraße
entlang.

Ich säuberte den Spiegel.

»Marie«, bat ich, »du mußt mir glauben. Ich bin
unschuldig.«

»Ja, glaub' ihm«, sagte die Katze und lachte höhnisch.

Ich erwachte in meinem Bett.

Der Tag leuchtete ins Zimmer, aber ich stand
lange nicht auf; mir graute vor der Zeit, die ich ver-
bringen mußte, ehe ich abends, von Schnäpsen ge-
wärmt und betäubt, ins Nichts zurückkehren durfte.
Gleichwohl ist die Angst am größten, solange man
wach im Bett liegt, wenn die Gedanken kreisen.
Wenn man sich fürchtet, selbst aus jenem armseli-
gen Loch verjagt zu werden, in das man sich nach
allem Tun und Streben hat zurückziehen müssen.
Sobald man aber aufgestanden ist, verbringt man
den Tag damit, sinnlose Dinge zu tun, und man
dehnt alle Handlungen aus, um sich zu beschäftigen,
indem man sie in Stücke teilt. Ich erhob mich um
neun Uhr. Ich machte mir einen Kaffee, den ich in
kleinen Schlucken trank, während ich aus dem Fenster sah. Gegen zehn verließ Moog das Haus, wie
jeden Tag. Er ging über den Parkplatz zur Straße
und schaute sich um, denn er spürte den Blick, der
ihm folgte; er tat, als trinke er Tee. Er zog den Beu-
tel aus seiner Tasse und legte ihn auf einen Teller.

»Ich habe etwas Gebäck, wenn Sie möchten«, erklärte er.

Ich nippte; es war, als tränke ich in Wasser gemischtes Blut.

Ich hatte mir nichts zuschulden kommen lassen.

Ich trat aus meiner Wohnung; durch ein Fenster strömte kalte Luft in den Korridor, so daß ich erschauerte und eilig meine Strickjacke bis zum Hals zuknöpfte.

Was war in Marie vorgegangen, als sie sich mit dem Küchenmesser die Pulsadern zerschnitt? Als sie mir, dem Betrüger, entfliehen wollte, und ihrer Mutter, die nicht allein sein konnte.

Ich stellte mir vor, wie die scharfe Klinge die Haut zerteilt hatte, es fühlte sich heiß an, wie der Stich einer glühenden Nadel, das Fleisch klaffte auseinander, und mit jedem Schlag des Herzens spritzte mehr Blut hervor; seine Fettigkeit setzte Marie ebenso in Erstaunen wie die schöne Farbe, die es besaß.

Ich erinnere mich an das häßliche Badezimmer, dessen Fliesen vor Jahren weiß gewesen, jetzt aber mit einer stumpfen Schicht aus Kalk und Schmutz bedeckt waren; den Wasserhahn hatte man mit Zahnpasta und Spucke besprenkelt, und ein Rinnsal floß zwischen seinen gespitzten Lippen hervor wie ein Speichelfaden. Das Spiegelschränkchen verdoppelte die Fratzenhaftigkeit des Raums. Das Wasser der Badewanne vermischte sich mit dem Blut. Es sieht aus wie Hagebuttentee, dachte Marie.

Ein alter Mann tänzelte im Schlafanzug über den Flur, er summte ein Lied.

»Kommen Sie herein«, sagte Moog und blickte den Korridor entlang.

Ich war neunundzwanzig. Freilich sah ich wegen meiner Zähne viel älter aus. Oben fehlten mir drei Schneidezähne, unten zwei. Ich hatte sie mir selbst mit einem Hammer ausgeschlagen, kurz nachdem ich von Maries Tod erfahren hatte.

Die Zähne, im übrigen, hatte ich aufgehoben, in einer Schublade.

Als der Tee getrunken war, holte Moog eine der Rotweinflaschen, die er, wie alle greisen Männer, unter seinem Bett versteckte, hervor, und wir tranken sie zusammen aus.

Ich war es nicht gewohnt, am frühen Nachmittag zu trinken. Zudem hatte ich heute wenig gegessen, und der Wein stieg mir zu Kopf. Die Katze schwenkte das Blut in ihrem Glas und stürzte es in einem Zug hinunter. Sie kicherte, als sie sich die Lippen wischte.

Ein Bruchstück meines Lebens trat mir vor Augen und versetzte mich in Angst. Marie schluchzte leise.

Die Sonne war weit herabgesunken. Moog und ich hatten eine zweite Flasche geleert, und er schickte sich an, die dritte zu öffnen.

Ich kehrte schwer betrunken in meine Wohnung zurück und nahm eine gelbe Tablette. »Marie«, flüsterte ich. »Bist du da?«

Mit einem feuchten Handtuch wischte ich den Badezimmerspiegel. Sie saß bei ihrer Mutter im Wohnzimmer und hörte mich nicht. Marie glaubte, die Schuld an der geheimnisvollen Krankheit zu tragen, von der die Mutter befallen war; sie hoffte, es werde sie heilen, wenn sie ihr Gesellschaft leistete, um sie wie ein Kätzchen zu streicheln. Die grünen Augen der Mama funkelten boshaft. »Nun weißt du, wie's ist«, sagte sie. »Der Kerl oder ich.«

Marie weinte und hielt sich die Hände vors Gesicht.

Ich begann, mich zu streicheln und mir tröstliche Worte zuzuraunen.

»Du bist ohne Schuld«, sagte ich. »Die Vera Gotzmann hat Marie ein Lügenmärchen aufgetischt. Alles war aus der Luft gegriffen. Aber Gott weiß um die scharfen Zähne ihrer Mutter.«

Aus Moogs Wohnung war ein Hilferuf zu hören.

»Ich kann nicht schlafen«, sagte ein junger Mann, der auf dem Korridor entlangging, und jemand antwortete ihm mit einem Murmeln.

Am nächsten Vormittag erwachte ich kurz nach neun Uhr; ich kochte mir einen Kaffee und trank ihn in kleinen Schlucken am Wohnzimmerfenster, während Moog mit seinem huschenden, geduckten Gang und wie auf Zehenspitzen über den Parkplatz schlich.

Neben seinem Bett lagen zwei Zahnprothesen in einem Wasserglas, mit denen er die Schneidezähne ersetzte, die ihm fehlten.

Frau Malik saß auf dem Sofa und lachte; die ganze Nacht hatte sie mit fast menschlicher Stimme nach mir gerufen.

»Ich bin unschuldig«, flüsterte ich und wischte den Spiegel mit einem Tuch.

»Aufwachen!« kommandierte Frau Malik.

Ich hörte, wie ein Wägelchen gedreht und ein Tisch herausgezogen wurde, auf den man ein Tablett stellte.

Marie hielt sich den Zeigefinger vor den Mund und deutete mit den Augen hinter sich.

Dort stand ich mit Vera Gotzmann und drückte ihr einen Kuß auf den Mund.

Ich hatte das Gefühl, der Boden bewege sich unter meinen Füßen, er schaukelte wie ein Boot auf dem Meer. Ich sah, wie ich die Gotzmann liebkoste, wie ich ihr zärtlich die Hand auf den Busen legte; und allerlei Freundlichkeiten flüsterte ich in ihr Ohr.

———

DIE ROTEN SCHMETTERLINGE

Es war ein rauschendes Fest, und der König gestattete seinen Gästen jeden Frevel und jede Lust, die sie überkam, und man trank aus den Gefäßen, die er aus den jüdischen Tempeln entwendet hatte. Die kleinen heidnischen Götter aus Gold und Silber und Bronze indes, aus Eisen, Holz und Stein, kicherten dumm von den Altären, die ihnen der Herrscher in seinem Palast errichtet hatte; und allerlei Unsinn trieben sie, der den Höflingen, die nichts so liebten als Kurzweil und nichts so fürchteten als einen ernsten Moment, vergnüglich war.

»Was für Einfälle! Und alles ist der Königin Erfindung?«

»So sagt man. Seine Majestät amüsiert sich. Zum Glück läßt Er sich nicht leicht in Angst versetzen.«

»Wovor sollte Er Angst haben?«

»Habt Ihr es nicht gehört?«

Ein neuer Tanz begann, die Paare eilten aufs Parkett und unterbrachen das Gespräch für einen Moment.

»Gehört? Was gehört?« fragte die Gräfin.

»Nun, der Kadaverleser hat dem König geweissagt. Der Teufel selbst werde unsichtbar unter den Gästen sein, um Ihn zu holen. Aber Seine Majestät hat ihm auf diese Lüge die rechte Antwort gegeben: Sollte der Dämon ausbleiben, will Er dem Deuter schon morgen die Beine abschneiden lassen. Er hat eine Wache vor seine Tür gestellt, so daß er nicht entfliehen und uns alle um das Schauspiel bringen kann.«

Die Gräfin kicherte, und der kleine weiße Hund, den sie auf dem Arm trug, kläffte mehrere Male.

»Du liebes Hündchen!« meinte sie und küßte das Tier.

Der Vierbeiner hob den Kopf und steckte seine Zunge in ihren zu einem O geformten und rot geschminkten Mund. Die Gräfin warf dem Baron einen Blick zu, der ihre Leidenschaft für das Tier offenbarte.

Sie war schön gewachsen, fast üppig, süß wie ein Kuchen, und hatte ein entzückendes Gesicht mit hellen, blitzenden Augen.

Wenn man sie ganz aus der Nähe betrachtete, konnte man jedoch das erste, unscheinbare Anzeichen der Krankheit entdecken, die sie im Laufe des Jahrs verwüsten und ums Leben bringen würde. Das Übel zeigte sich schon in einer leichten Rötung der Haut. Der Baron hingegen würde noch vier Jahrzehnte leben. Es war ihm bestimmt, in seinem einundachtzigsten Jahr von wütenden Bauern erschlagen und als Kind einer Bettlerin wiedergeboren zu werden.

»Riecht Ihr das auch?« fragte die Gräfin im nächsten Moment und hob schnuppernd die Nase in die Luft. »Ein widerlicher Geruch! Wie von faulen Eiern.«

Der Baron hatte ihn gleichfalls bemerkt.

»Gehen wir zwei Schritte dort hinüber. Vielleicht kommt es von draußen. – Nicht wahr? Hier ist nichts mehr davon zu riechen.«

Sie gingen noch tiefer in den Saal hinein und verschwanden unter den Fröhlichen.

Allseits wurde gelacht; der König war fünfzig geworden, er beging seinen Geburtstag, und die Höflinge wurden durch die Hitze der Räumlichkeiten, die gewürzten Speisen und alkoholischen Getränke in eine fieberschnelle und unerhörte Lustigkeit versetzt. Im Roten Saal saß der Monarch am oberen Ende der Tafel und beobachtete das bunte Treiben, die Späße der Narren und die flinken Bewegungen der Tänzer. Wenngleich die Trägheit seine Züge aufgeschwemmt hatte, so war er doch bei guter Gesundheit, und er liebte das Vergnügen: In einem früheren Leben hatte Seine Hoheit das Dasein eines Bauern geführt, dessen Tage allein aus Arbeit, Erschöpfung und Schlaf bestanden hatten.

»Meine Gratulation zu diesem Fest«, flüsterte der Prinz, der zur Königin ans Fenster getreten war, und verbeugte sich leicht. Einige Stunden lang hatte er sich im Innenhof, auf den das Fenster blickte, an den Hinrichtungen ergötzt und am Sterben von Mördern und Mundräubern und Landstreichern seine Freude gehabt. Hier und da klebte ein Spritzer Blut an seinen schönen, geschmeidigen Kleidern, denn mehrere Delinquenten hatte er mit eigener Hand getötet.

Die Nacht war gekommen; im Hof hatte man Fakkeln entzündet, um ihn zu beleuchten. Der Prinz beobachtete, wie eine Flammenspitze das entsetzte Fleisch eines jungen Mädchens liebkoste.

Die Königin klatschte vor Freude in die Hände wie ein Kind, denn sie war erst fünfzehn Jahre alt und von reizender Spitzbübigkeit. Ihr Leib war bleich und zart, sie trug ein weißes, hauchdünnes Kleid.

»Wie schön, Euch zu sehen. Ich fürchtete bereits, daß ich ohne Euren Beistand wäre, wenn der Teufel zur Tür hereintritt. – Oder glaubt Ihr, daß er schon unter uns weilt?«

Der Prinz war muskulös, wenngleich der feiste König sein Bruder war und nur einen Augenblick vor ihm den Schoß der Mutter verlassen hatte. Seine Glieder waren straff geblieben, gleich denen eines jungen Manns. Er sah zum Herrscher hinüber, der am Tisch in dröhnendes Gelächter ausbrach über einen Witz, den ein Edelmann gerissen hatte. Auf dem Gesicht des Prinzen erschien ein zärtliches Lächeln.

Auch die Königin zog die Lippen auseinander, und ihr Auge zwinkerte dem Prinzen zu.

Erst gestern nacht hatte sie, nachdem der Monarch sich in ihren Leib ergossen hatte und hernach in die eigenen Gemächer zurückgekehrt war, die weißen Hände gefaltet und den ›Herrn der Unterwelt‹ an das Versprechen erinnert, das er dem Kadaverleser gemacht habe.

Der Kämmerer schlüpfte erschöpft aus einem der Nebenräume hervor, wo er seinen Beitrag geleistet hatte zum Gesprudel aus Blut und Samen. Die Königin, deren schwarzes Tier vom Gewand mehr enthüllt als verborgen wurde, hatte einen schön geschnittenen Mund, der einer kleinen roten Koralle ähnelte.

»Ich danke Euch sehr, mein lieber Prinz, daß Ihr mir mit Euren Ratschlägen geholfen habt«, schmeichelte sie. »Von diesem Fest wird man noch lange reden.«

Der Prinz verbeugte sich erneut.

Tatsächlich war es seine Idee gewesen, zum Vergnügen der Gäste Delinquenten auf eine galvanische Batterie zu stellen und sie hierdurch so lange zum Tanzen zu zwingen, bis sie vor Durst und Entkräftung wahnsinnig wurden und starben. Vor allem Frauen richtete er gern auf diese Weise hin, deren Schreie einen weit feineren und erregenderen Klang hatten. Und währenddessen spielte ein Geigenquartett die heitersten Melodien, es sah aus, als springe das nackte Weib zur Musik auf und ab.

Der Prinz liebte den bizarren Tod; schier unerschöpflich war seine Phantasie, wenn es darum ging, neue Arten des Sterbens zu ersinnen. Eine seiner Erfindungen hatte über die Grenzen des Landes hinaus für Aufsehen gesorgt. Er hatte ein Faß inwändig mit Nägeln ausstatten lassen, der Verurteilte wurde hineingesteckt, und man ließ ihn einen Hang hinabrollen. Die eisernen Dornen faßten ihm in die Augen und rissen sie entzwei, und ehe das Faß am Fuß des Hügels angekommen war, hatten sie die Knochen vom Fleisch befreit.

Desgleichen bereitete es dem Prinzen Spaß, sich den Verzweifelten zu erkennen zu geben. Er behauptete, daß ihr Leben gerettet und er gekommen sei, sie im Namen des Königs zu begnadigen. Da lachten und weinten und sangen die Delinquenten vor Glück, und der Prinz sang mit, und sie küßten ihm die Hände; und er weidete sich an ihrer grundlosen Freude.

Der König rief nach Wein, sein Kopf war rot vom Alkohol, und schon morgen würden ihm grüne Fliegen auf den Augendeckeln sitzen.

Dem Prinzen aber war es bestimmt, noch diesen Abend den Mundschenk in einen einsamen Winkel des weitläufigen und vielgeschossigen Palasts zu locken. »Hier habt Ihr Eure Belohnung«, ruft er und stößt ihm ein Messer in den Hals, während der König, schon sterbend und von Höllenphantasien gequält, in seinem Bett liegt und friert und von Krämpfen geschüttelt wird.

Die Königin neigt sich an des Prinzen Ohr.

»Wann ist es soweit?« fragt sie, die in einem früheren Leben der König eines benachbarten Lands gewesen ist; ihr Gemahl hat es überfallen und seinem eigenen Reich hinzugefügt, die entthronte Königsfamilie aber mit Kot und Jauche gefüttert. Freilich ahnt niemand etwas von diesen Zusammenhängen, am allerwenigsten die Königin selbst.

»Wann ist es soweit?«

Der Prinz deutet mit einem Blick auf den Mundschenk, der dem König den Becher füllt. Er nickt dem Verschwörer zu, der das Nicken verstohlen erwidert.

Der König trinkt, und der Mörder, der sich entfernen will, stolpert ob seines schlechten Gewissens. Das Tablett entgleitet seinen Händen, viel Wein wird verschüttet. Ich wünschte mir, rote Schmetterlinge aus den silbernen Karaffen flattern zu sehen. Einige Tiere heften sich an die Vorhänge, die die Fenster schmücken, und es scheint, als leckten kleine Flämmchen am Stoff empor. Andere entzünden die Kleider der Gäste, eine große Aufregung entsteht. Manche Insekten setzen sich, indem sie den Kerzen zu nahe kommen, tatsächlich in Brand und stürzen gleich winzigen Teufeln aus der Luft.

————

MALEKS VERSTECK

Als sein Vater starb, war Thomas Malek dreißig Jahre alt. Er erbte das Lebensmittelgeschäft und blieb ohne Verwandtschaft auf der Welt zurück. Nur eine Vetterin war am Leben, Lidia Paulina, die gleichfalls ein Zwerg war, und sie heirateten einander.

Paulina hatte schwarze Augen, trug ihr dunkles Haar fast immer zu einem Zopf geflochten und war, anders als die meisten Zwerge, durchaus nicht häßlich. Überdies läßt sich selbst in den Umarmungen einer winzigen Frau viel Vergnügen finden.

Malek liebte Paulina. Wenn er nachts im Bett lag und auf ihren ruhigen Atem horchte, überkam ihn fast schmerzlich das Bewußtsein seines Glücks; und der Gedanke quälte ihn, daß es nicht von Dauer sein werde. Jede Lust, wußte der Händler, findet ihr Ende, und die Erinnerung an die verlorene Seligkeit gebärt die Pein. Das Glück ist für jedermann nur das Vorspiel der Marter. Doch um wieviel mehr bedrückt es eines Zwergen Kinderherz!

Malek hütete seine Frau, die er am Tag nicht aus den Augen ließ; und ging er abends außer Haus, um sich zu betrinken – denn der Alkohol beschwichtigte seine Furcht –, band er sie mit einem Strick ans Bett, um ihr keine Gelegenheit zum Ehebruch zu geben. Solcherart hoffte er, der Vergänglichkeit des Glücks ein Schnippchen zu schlagen.

Der Händler arbeitete fleißig, feilschte unbarmherzig, wenn er auf dem Großmarkt frische Lebensmittel erwarb, und sein Geschäft hatte viele treue Kunden, zumal sich diese bei jedem Besuch des Ladens der dreifachen Freude hingeben konnten, billig einzukaufen, mißgestalteten Menschen ein Auskommen zu geben und die eigentümliche und zum Lachen reizende Geschäftigkeit der Zwerge zu beobachten.

Es versteht sich, daß der Laden für normal Gewachsene eingerichtet war; die Wohnung jedoch, die sich im ersten Stock befand und vom Laden aus über eine Wendeltreppe erreichen ließ, ähnelte einer Puppenstube.

Niemals empfing das Ehepaar Besuch, denn es war dem Gatten zuwider, jemanden über die Bedingungen seines Daseins zu unterrichten. Weder hatte er die Absicht, sich zum Gespött der Leute zu machen noch Neider herbeizuziehen. Kein Schimmer seines Glücks sollte nach außen dringen, und da alle Frauen zur Geschwätzigkeit neigen, wurde er nicht müde, Paulina mit strengem Blick anzusehen und sich den Zeigefinger auf den Mund zu legen.

Jahre vergingen auf diese Weise, und noch viele derartige Jahre wären gefolgt, hätte der Händler nicht eines Abends seinen Geldbeutel unter der Ladentheke vergessen. Er kam zurück, schloß das Geschäft auf, trat ein und erstarrte; denn aus der Wohnung war ein Schrei zu hören, der sich endlos wiederholte, als dringe ein Messer ein ums andere Mal in Paulinas Fleisch.

Der Zwerg lauschte minutenlang.

Dann verließ er das Geschäft, während die Schreie noch immer fortdauerten. Er schloß die Ladentür ab und ging davon, um, wie üblich, erst tief in der Nacht heimzukehren.

Gegen Morgen ergriffen ihn Schüttelfrost und Fieber.

Der Arzt trat an sein Bett, Malek glaubte zu erfrieren. Er sah, wie der Doktor die Stirn runzelte und Paulina beiseite nahm, und er hörte, daß der Mediziner leise mit ihr sprach. Er erkannte, daß es schlecht um ihn stand, und der Gedanke erbitterte ihn, als ein Gedemütigter aus dem Leben zu scheiden. »Lieber Gott«, flüsterte Malek, »laß mich gesund werden, damit ich mich rächen kann.« Er spitzte die Lippen, als beuge sich der Herr an seinen Mund, und er schmeichelte und bettelte, daß der Tod ihn verschonen möge.

Über einen Monat dauerte die Krankheit; Maleks Augen glitzerten wie die eines Verrückten, und er sprach irr. Schließlich aber erholte er sich: das Fieber sank, die Wangen röteten sich neu; allein die Kälte verblieb, die in ihn eingedrungen war, und Malek begann, sich mit Schnäpsen zu wärmen, die er über den Tag hinweg in steigender Zahl zu sich nahm. Jeden Abend besuchte er die Kneipe, um Paulina zu entgehen, an der er häufig, nun, da er darauf achtete, einen schwachen, lauwarmen, fauligsüßlichen Geruch bemerkte, der seiner Aufmerksamkeit bislang entgangen war und auch dem Bettzeug anhaftete. Was soll ich jetzt tun? überlegte er.

Sobald morgens der Wecker schellte, beschäftigte sich Malek mit dieser Frage; während des Tags dauerte die Grübelei fort, die nur durch die lästigen Gespräche mit Paulina oder der Kundschaft unterbrochen wurde; jeden Bissen, den er aß, begleiteten die gewagtesten Gedanken; und am Abend, wenn er sich betrunken die Bettdecke über die Schultern zog, folgten sie ihm hinein in seine Träume.

Wie ungerecht, meinte er, war doch die Welt eingerichtet. Jedermann, der ein Verbrechen beging, konnte anschließend in eine andere Stadt oder ein fremdes Land flüchten. Er legte sich einen neuen Namen zu und falsche Papiere, änderte vielleicht seine Frisur oder ließ sich einen Bart wachsen, und schon war er im Getümmel der Menschen verschwunden. Nur ein Zwerg konnte sich nirgendwo verstecken, er blieb immer ein Zwerg, den man begaffte. Hing sein Steckbrief erst an allen Litfaßsäulen, dauerte es nicht lang, bis man den Verbrecher ergriff.

Je eingehender Malek darüber nachdachte, desto hoffnungsloser erschien ihm seine Lage. Nicht nur war es ihm unmöglich, eine Untat zu verüben, wie er sie zu vollbringen wünschte. Es blieb ihm auch, sofern er sich einen kläglichen Rest seiner Würde bewahren wollte, nichts anderes übrig, als seine Frau gewähren zu lassen und sich unwissend zu stellen. Freilich konnte er plötzlich zur Tür hereinkommen und das unzüchtige Paar überraschen; doch der Gedanke war absurd, daß Paulina und ihr Liebhaber ihre Sünde darum bereuen und ihn um Verzeihung bitten würden. Weit eher lachten sie ihn aus. Es bestand sogar die Möglichkeit, daß sie ihr Liebesspiel fortsetzten, so als sei er gar nicht vorhanden oder unbedeutender als eine Spinne an der Wand.

Die Vorstellung, wie sich Herrn Kakuschkes fettes Gesicht vor Gier entstellte, ließ Malek, der sehr bald herausgefunden hatte, wer der Liebhaber war, vor Abscheu erzittern: Hinter Mülltonnen versteckt, hatte er im Schutz der Dunkelheit auf ihn gewartet.

Mit breitem Schritt stieg Kakuschke die Außentreppe hinauf, zog einen Schlüssel aus der Hosentasche und betrat die Wohnung, in der ihn Paulina, ans Bett gefesselt und liebestoll, erwartete. Wann und wie es ihr gelungen war, ihm den Schlüssel zu geben, blieb dem Zwerg ebenso ein Rätsel wie die Frage, auf welchem Wege das Verhältnis zwischen ihnen entstanden war. Kakuschke spießte Paulina auf wie ein Insekt; sie strahlte, alles Scheue und Furchtsame war aus ihrem Gesicht verschwunden. Ihr zarter Körper bäumte sich und streckte und verrenkte seine Glieder unter der Gewalt des Ungetüms. Malek brach in Tränen aus.

Sein Kopf reichte kaum über den Tresen, er war betrunken und rief Unverständliches, um den Wirt zum Nachschenken aufzufordern. Die Eingangstür sprang auf, Kakuschke entleerte sich in Paulinas Leib, und eine schwangere Frau trat herein. Schon in der Tür erhob sie lautes Geschrei. »Dacht' ich's mir doch, daß ich dich hier finden werd'«, rief sie, »du Lump! Du Taugenichts!« Der so Angeredete erhob sich schuldbewußt und nicht ohne Zeichen echter Furcht von seinem Stuhl. »Du Schwein!« brüllte die Frau. Sie durchquerte den Raum und packte den Sünder wie einen kleinen Jungen am linken Ohr. Offenbar verfügte sie über erstaunliche Kraft, denn sie riß ihren Mann halb zu Boden und zerrte ihn hinter sich her. »Dir werd' ich helfen, unser Geld zu versaufen!« schrie sie, während er ihr winselnd zur Tür hinaus folgte. Die übrigen Gäste lachten schadenfroh.

Malek hatte mit glasigem Blick die Szene beobachtet, und als die Frau, in deren Bauch ein ganzer Mensch sich verbarg, das Lokal verließ, fiel die Trunkenheit von ihm ab.

Ein außergewöhnlicher Gedanke hatte sich seiner bemächtigt. Es war ihm, als hätte sich in seinem Geist eine versperrte Tür ruckartig geöffnet, durch die er in ein bisher unbekanntes Zimmer blickte. Er legte einen Geldschein auf den Tresen und ging; und während er nach Hause schlich, ersann er jenen Plan, der ein für allemal bewies, daß selbst im Herzen eines Zwergs genügend Raum für Ehrgefühl und Kühnheit zu finden ist.

Am nächsten Tag mietete er in aller Heimlichkeit einen kleinen Lagerraum, an dessen Wände er mehrere große Spiegel hängte. Fortan übte er jeden Abend einige Stunden, bevor er sich in die Spelunke begab, um zu trinken und seinem Haar wie seiner Kleidung den Geruch von Zigarettenqualm und Bratfett zu verleihen. Paulina durfte nicht mißtrauisch werden.

Malek stahl eines ihrer Kleider und ging nach der schaukelnden Art der Zwergin vor den Spiegeln auf und ab. Die größten Schwierigkeiten bereitete es ihm, die Stimme seiner Gattin und die Ängstlichkeit in ihren Augen nachzuahmen. Letzteres gelang ihm schließlich, indem er die Lider ein wenig zusammenkniff. In den Winkeln entstanden hierdurch dünne Fältchen, wie man sie auch bei Kurzsichtigen sieht; und er spannte die Muskeln hinter den Ohren an, was seine Züge feiner und weiblicher erscheinen ließ.

Die Eheleute waren von gleicher Größe und Augenfarbe, und ob der Verwandtschaft ähnelten sich ihre Gesichter. Dennoch war ein volles Jahr vonnöten, bis sich Malek seiner Frau ganz bemächtigt

84

hatte und es vermochte, sich in ihre Gestalt zu kleiden wie in einen Mantel.

In diesem Gewand spazierte er durch fremde Stadtteile, wo er hoffen durfte, keinem Bekannten zu begegnen, setzte sich in Cafés und betrat Drogerien, in denen er vorgab, sich für Parfums und duftende Seifen zu interessieren. Niemand schien an seiner Weiblichkeit zu zweifeln, obschon viele die Zwergin bestaunten und über sie witzelten.

Schließlich glaubte Malek, alle Gesten seiner Frau gelernt zu haben, und wagte es, selbst jenen unter die Augen zu treten, die sie kannten. Er brach einen Streit vom Zaun, dreier schwarzer Haare wegen, die Paulina im Waschbecken hinterlassen hatte. Er ohrfeigte die Zwergin, packte sie am Schopf und zerrte sie ins Bett, wo er ihr, wie üblich, Arme und Beine an die Pfosten fesselte und ihr einen Nachttopf unter den Hintern schob.

Hierauf eilte er ins Lager, verwandelte sich und lief ins Geschäft, das er pünktlich aufsperrte: Keiner der Kunden bemerkte einen Unterschied, der Versuch war ein herrlicher Erfolg. Maleks Freude hierüber kannte keine Grenzen.

Nach Feierabend ging er wiederum ins Lager, um sich der falschen Hülle zu entledigen. Anschließend kehrte er heim zu seiner Frau und befreite sie, nicht ohne ihr zuvor das Versprechen abgefordert zu haben, der Sauberkeit seiner Wohnung künftig die gebotene Aufmerksamkeit zu widmen. Zudem habe sie darauf zu achten, ihre Hand- und Fußgelenke nicht an den Fesseln blutig zu reiben, da dies die Bettwäsche beflecke.

Oft hatte Malek gefürchtet, er könnte sich an den lauen Dunst des Ehebruchs gewöhnen, der den Laken entstieg, und sich schließlich mit allem abfinden, was ihm geschah. Manch einer, der getreten wird, findet es allmählich ganz in Ordnung, gequält und getreten zu werden, und die Demütigung ist ihm bald Lust und Zärtlichkeit. Sooft Malek aber in seine Frau eindrang und die Geräusche ihrer Geilheit vernahm, kam er nicht umhin, daran zu denken, daß sie ebensolche Laute, und gewiß noch schönere, erst vor wenigen Stunden in den Armen ihres Liebhabers ausgestoßen hatte. Er begriff, daß sie seine eigenen Liebkosungen nur mit gespielter Leidenschaft ertrug, und der Zorn stieg ihm den Hals hinauf, und er haßte sie noch hundertmal mehr.

Als Tag der Vergeltung bestimmte Malek Paulinas fünfunddreißigsten Geburtstag. Wie immer kaufte er Apfelkuchen, mit dem er sie gabelweise fütterte, nachdem er jeden Bissen in frisch geschlagene Sahne getaucht hatte. Wie immer war das Wohnzimmer festlich geschmückt, wenngleich nur er selbst und seine Frau deren Geburtstag feierten, und wie immer brannten Kerzen. Unentwegt kündigte Malek das Geschenk an, das er ihr machen werde, um ihre Vorfreude anzustacheln.

Sobald es dunkel wurde, faßte er Paulina bei der Hand und führte sie ins Schlafzimmer. Er zog eine große Pappschachtel unter dem Bett hervor, die er in Geschenkpapier eingeschlagen und mit einer Schleife versehen hatte. Paulina packte sie aus, öffnete den Deckel und erblickte das Kostüm. Sie vermochte sich keinen Reim auf die Perücke zu machen, und auf die falschen Schönheitsflecken und die aus Gummi gefertigten, rosaroten Brüste.

Malek lächelte. Er streichelte ihr Gesicht.

»Ich will ein Verbrechen begehen«, erläuterte er.

Damit drückte er seine Gattin auf die Matratze, griff ein Kissen und preßte es fest auf ihr Gesicht, bis sie sich nicht mehr regte und gestorben war. Anschließend machte er sich daran, ihren Leichnam zu beseitigen.

Lange hatte er über die hierfür geeignetste Methode nachgedacht und zunächst geplant, den Körper mittels einer starken Säure aufzulösen, die er im Keller bereitstellen wollte. Aber die Idee hatte er verworfen, da für seinen Zweck eine große Menge Säure vonnöten gewesen wäre, die er weder unauffällig zu beschaffen noch hernach loszuwerden wußte. So hatte er beschlossen, Paulina in der Badewanne zu zersägen.

Ihre Knochen bereiteten Mühe, da von allem, besonders aber dem Schädel, dem Kiefer und den gleichfalls verräterischen Oberschenkelknochen nur winzigste Stücke zurückbleiben durften, die niemandes Mißtrauen erregen konnten. Er zertrümmerte die vom Fleisch befreiten Knochen mit einem Hammer. Die schwarzen Augen schnitt er entzwei. Das Blut, das sich in der Wanne gesammelt hatte, nahm er mit Wollappen auf, die er trocknete und anschließend im Ofen verbrannte. Auch seine Kleidung verbrannte er, die über und über blutig geworden war.

Die Nacht ging vorbei, und das Geschäft mußte geöffnet werden. Malek säuberte sich, zog eines der Kleider an, die Paulina ihm vererbt hatte, setzte die Perücke auf den Kopf und sprach mit der leisen, schüchternen Stimme seiner Frau. In der Mittagspause kehrte er die restlichen Knochensplitter und

Fleischstückchen zusammen und wischte das Blut fort, das auf Boden und Wände und an die Decke des Bads gespritzt war.

Gewissenhaft vermischte er nun die Überreste seiner Frau mit faulem Gemüse und schüttete die Kübel in die Mülltonne, die schon am folgenden Tag geleert wurde: Durch die Schaufensterscheibe verfolgte der Zwerg, wie der Wagen den Abfall verschlang. Der Fahrer streckte sein rotes Gesicht aus dem Kabinenfenster; er winkte der Händlerin zu und zwinkerte mit den Augen. Sie machte ein Zeichen, daß sie ihn gesehen habe, und nickte freundlich.

Am folgenden Tag ging Malek zur Polizei, denn es wäre verdächtig gewesen, hätte er das Verschwinden seines Ehemanns nicht zur Anzeige gebracht. Auf dem Revier tat er halb verrückt vor Sorge, was ihm um so besser gelang, als er noch in der Nacht mit der Vernichtung kleinster Blutspuren beschäftigt gewesen war und kaum eine Minute geschlafen hatte.

Ja, man habe sich oft gestritten, gab Paulina zu, und die kleine Weisheit der Polizisten war zufrieden. Sie glaubten, Malek habe seine Frau verlassen, ein banales, nicht nennenswertes Vorkommnis, das kaum die Aufnahme eines Protokolls rechtfertigte. Als der Mörder vom Revier nach Hause ging, lachte ihn die Sonne an. Das Herz hüpfte ihm in der Brust, und es schien ihm, als sei er in den warmen Leib seiner Frau geschlüpft, wie er es einst voll Liebe getan hatte.

Nun ist nicht mehr viel zu tun, dachte der Händler. Nur den Liebhaber mußte er noch loswerden.

Dieser hatte Paulina stets mittwochs besucht, und Malek erwartete nicht, ihm früher zu begegnen.

Doch die Nachricht vom rätselhaften Verschwinden des Zwergs machte schnell die Runde. Unversehens trat der Müllfahrer in den Laden, sah sich um, ob tatsächlich kein Kunde zugegen sei, und begann, als er sich hiervon überzeugt hatte, laut zu lachen.

Er war bald fünfzig, fleischig und blutvoll, und eine Unmenge geplatzter Äderchen röteten sein Gesicht. Er hob Malek empor, küßte ihn auf den Mund, steckte ihm die Zunge zwischen die Lippen und drückte ihn anschließend fest an seine Brust.

»Wir haben Glück!« rief Kakuschke. »Ich wette, dein Mann ist in den Fluß gefallen und ersoffen. In ein, zwei Tagen zieht man ihn aus dem Wasser!«

Er tanzte vor Freude, wobei er den Händler wie ein Kind in die Luft warf.

Malek ekelte sich wegen des Kusses und des fauligen, leicht süßlichen Geruchs, der Kakuschkes Haut entströmte. Zudem fürchtete er, die Perücke könnte ihm vom Kopf fallen. Um sich der Zudringlichkeit des Müllfahrers zu erwehren, fing er zu weinen an, wie er es bei zahlreichen Gelegenheiten seiner Frau abgeschaut hatte.

Kakuschke hielt inne.

»Was hast du, mein Täubchen?« fragte er erschrocken und stellte Malek auf den Boden zurück.

Unter Heulen und Schluchzen erklärte Paulina, was für ein herzensguter Mann ihr Thomas sei. Kakuschke sperrte Mund und Nase auf.

Was wird sie ihm nicht alles erzählt haben! empörte sich der Zwerg. Was für Märchen hat ihm die kleine Lügnerin aufgetischt? fragte er sich.

»Wenn er doch wiederkäm'!« jammerte Paulina.

Kakuschke wich unwillkürlich einen Schritt zurück.

»Wenn er nur wiederkäm', ich würd' alles für ihn tun!«

»Dein Mann ist keineswegs herzensgut gewesen«, erwiderte Kakuschke mit Bestimmtheit, »sondern ein Tyrann, vor dem du dich für jede Kleinigkeit hast rechtfertigen müssen.«

Das also hat sie ihm weisgemacht, dachte Malek.

»Hast du vergessen, daß dein ganzer Leib voller Narben ist?«

Was sind ein paar Hiebe gegen das, was sie *mir* angetan hat? entgegnete der Händler.

»Ich hab' ihn betrogen!« rief Paulina, zermalmt von der Last ihrer Schuld, und wischte die Tränen fort, die ihr über das Gesicht rollten. »Wenn er nur wiederkäm'. Ich wär' ihm eine treue Frau. Das schwör' ich.«

»Gib mir den Schlüssel zurück«, verlangte Malek.

Kakuschke tat sein Bestes, um die Geliebte zur Vernunft zu bringen, hatte aber keinen Erfolg und begriff, daß heute nichts zu erreichen war. Widerwillig händigte er ihr den Schlüssel aus und verabschiedete sich, beschloß aber, in einigen Tagen erneut vorbeizukommen, denn das weibliche Geschlecht neigt zur Hysterie und ist anfällig für Verrücktheiten aller Art. Was eine Frau heute sagt, hat sie morgen vergessen, und demjenigen, den sie am Samstag fortjagt, rennt sie sonntags hinterher.

Durch den Tränenschleier schaute Paulina dem Müllfahrer nach, der aus dem Laden trat, sich ein letztes Mal umblickte und davonging. Malek grinste höhnisch.

Die Widrigkeiten, die ihm die Ehe beschert hatte, waren ausgemerzt, und in die Freude, die er hierüber empfand, mischten sich verständlicherweise Stolz und Triumphgefühl. Malek beglückwünschte sich zu seiner großen Sorgfalt. Sein Verlangen nach Tabak unterdrückte er ebenso wie seine Lust auf Alkohol, um sich nicht selbst zu verraten. Immerhin konnte es der Müllmann bemerken, wenn der Abfall nicht den Bedürfnissen Paulinas entsprach, und mit einer Spritze saugte sich der Zwerg jeden Monat einige Kubikzentimeter seines Bluts aus der Armbeuge und träufelte es auf Damenbinden, die er gut sichtbar in der Tonne plazierte. Er war ein großer Schauspieler, dessen Kunst sich nicht im Nachäffen erfüllte, sondern darin bestand, sich mit Haut und Haar in den gezeigten Menschen zu verwandeln.

Sehr leicht richtete er sich in seinem veränderten Dasein ein, und umso rascher gewöhnte er sich an die Verstellung, als er wegen der Nachbarn, deren Blicke bisweilen durch ein Fenster eindringen mochten, auch in der Wohnung Paulinas Aussehen trug.

Morgens zog er einen der Schlüpfer an, die seine Frau ihm hinterlassen hatte, legte einen ihrer Büstenhalter um seine Brüste und frühstückte im rosa Morgenmantel. Er trank schwarzen Tee mit Zucker und Zitronensaft und aß mit Himbeermarmelade bestrichene Butterbrote, die er stets ebenso dünn schnitt, wie es Paulina getan hatte.

Die Händlerin genoß das Frühstück, jetzt da sie niemand mehr zur Eile trieb. Anschließend warf sie ein schlichtes, für die Arbeit bestimmtes Kleid über, schminkte sich, sodaß ihre Augen ausdrucksvoller und ihre Lippen schwellender erschienen, band sich eine grüne Schürze um und öffnete den Laden mit einiger Verspätung, an der jedermann erkennen konnte, daß Malek nicht mehr die Herrschaft über das Geschäft führte.

Die Kundschaft veränderte sich ebenfalls. Viele kamen, um ihr Erstaunen oder ihre Bestürzung über Maleks Verschwinden zu äußern, Fragen an die Händlerin zu richten und allerlei Vermutungen anzustellen. Ein alter Religionslehrer, der den Zwerg schon als Jungen gekannt hatte und jeden Morgen ein Tütchen saure Drops erwarb, fragte Paulina ganz offen, ob ihr Mann sie wegen einer anderen Frau verlassen habe, denn die Wollust der Zwerge amüsierte ihn. Andere wurden nicht müde, die Händlerin ihres Mitgefühls zu versichern.

»So ein Schuft«, meinte eine vierzigjährige Frau, die im Nebenhaus wohnte und schon zwei Männer unter die Erde gebracht hatte. Sie schüttelte den Kopf, und dicke, braun gefärbte Locken umschlenkerten ihr Gesicht.

»Womöglich ist er von jetzt auf nachher verrückt geworden«, mutmaßte eine Krankenschwester, die in einem Sanatorium arbeitete. »Ich kenne solche Fälle.«

»Erst gestern sind zwei Polizisten bei mir gewesen«, berichtete Paulina.

»Und? Was haben die gesagt?«

»Sie haben mir einen Haufen Fragen gestellt. Ob ich Malek zutrau', auf und davon zu gehen. Ob er dafür einen Grund gehabt hat. Ob die Ehe glücklich ist. Ich sag': ›Nicht unglücklicher als andere.‹ Da lacht der Kommissar.«

Auch eine Kundin lacht, aber nur ein bißchen. Paulina hat sie nie zuvor gesehen.

»›Gibt es finanzielle Probleme?‹ fragt er. ›Ich weiß nicht. Um's Geld hat sich mein Mann gekümmert. Aber er hat oft darüber gestöhnt, wie klein der Umsatz geworden ist. Kleiner von Jahr zu Jahr, hat er gesagt. Und das Geschäftskonto ist leer. Auf der Bank hieß es, daß er erst neulich alles abgehoben hat.‹«

»Das muß man sich vorstellen«, rief die Vierzigjährige. »Läßt seine Frau, die jeden Tag für ihn gekocht und geputzt hat, ohne einen roten Pfennig zurück!«

»›Was ist mit seinen Papieren?‹ fragt der andere Polizist. ›Sind seine persönlichen Sachen noch da?‹«

»Ich habe immer vermutet, daß er ein hinterhältiger Mensch ist«, verriet die Krankenschwester. »Er hat sowas in den Augen. Sowas Gemeines, Niederträchtiges.«

»Der Kommissar will mit den Bekannten meines Mannes reden, und sein Kollege verlangt, daß ich ihnen eine Liste schreib'.«

»Na, ich glaube nicht, daß man viel unternehmen wird«, erwiderte eine alte Frau mit gelbem Hut. »Ich selbst habe eine Bekannte, die in der gleichen Lage gewesen ist. Die Polizei hat keinen Finger gerührt. Und was war? Nach einem Monat stand der feine Herr von selbst wieder vor der Tür. Das ganze Sparbuch hatte er inzwischen zu einer Rothaarigen getragen.«

»Gott, die Männer! Und die, denen man's nicht zutraut, sind die schlimmsten!«

Unterdessen war Kakuschke unbemerkt in das Geschäft getreten und hatte sich hinter dem Regal mit den Zuckerpaketen und Süßmitteln versteckt.

Dort wartete er darauf, mit Paulina allein zu sein. Es war fast Mittag: Sobald die anderen Kunden gegangen waren und die Zwergin ihre Ladentür verschlossen hatte, kam er hervor.

Er hatte sich feingemacht, war frisch rasiert, trug einen hellen Anzug und hielt einen Strauß Rosen in der Hand.

»Die sind für dich, Liddi«, sagte Kakuschke.

Die Aufregung, die Malek in den ersten Tagen nach dem Mord befallen hatte, war vergangen. Er machte sich keine Sorgen, entdeckt und bestraft zu werden. Dergleichen war ausgeschlossen. Viel zu geschickt hatte er sein Verbrechen ins Werk gesetzt. Niemand konnte ihn finden, weil niemand ahnte, was geschehen war. Verborgen in seiner Frau, erblickte er eine Welt, die sich, als wäre er gestorben, ohne ihn weiterdrehte, während für Paulina ein neues Leben begann.

Sie entdeckte, daß ihr Mann die wirtschaftliche Lage des Geschäfts falsch dargestellt und der Laden allezeit einen ordentlichen Gewinn erwirtschaftet hatte, in den Büchern stand es schwarz auf weiß. Die Händlerin erbleichte, als sie sah, welchen Betrag der Zwerg an sich gebracht hatte.

Dennoch geriet das Geschäft in keine ernsthaften Schwierigkeiten. Zwar war Paulina gezwungen, einen Kredit aufnehmen, um den Nachschub an Waren sicherzustellen, doch schneller als erhofft vermochte sie es, das Darlehen zurückzuzahlen. Die Neugier der Menschen hatte den Umsatz nämlich um mehr als ein Drittel ansteigen lassen, und viele der Frauen, die ringsum wohnten und ihre Einkäufe ungern bei Malek erledigt hatten, schlossen Freundschaft mit der possierlichen Händlerin, von der niemand geahnt hatte, was für ein zutrauliches Wesen sie sei.

Allein für Kakuschke, dessen Beharrlichkeit anfing, lästig zu fallen, mußte eine Lösung gefunden werden. Einige Male verschloß Paulina die Ladentür, wenn sie den unerfreulichen Menschen kommen sah; doch dann klopfte er so lang gegen die Glasscheibe, bis sie ihm aufsperrte und er ihr ein kleines Geschenk überreichen konnte. Kakuschke versuchte, Paulina zu streicheln, erging sich in plumpen Beschreibungen ihrer Schönheit und band ihr ein Schmuckkettchen um den Hals, indessen Malek darüber nachdachte, auf welche Weise der Müllmann zu beseitigen sei.

»Ich kann nicht glauben, daß du das jahrelang ausgehalten hast«, sagte die Krankenschwester und nippte an ihrem Kaffee.

»Ein Tyrann!« stimmte die Vierzigjährige zu, die im Nebenhaus wohnte und lieber von den Vorbereitungen zu ihrer dritten Hochzeit erzählt hätte. Sie spielte mit einer prallen Locke, die ihr ins Gesicht hing. »Du solltest die Scheidung einreichen.«

»Geht das überhaupt«, fragte Paulina, »wenn der Gatte verschollen ist?«

»Auf jeden Fall mußt du dich von einem Anwalt beraten lassen.«

»Und Vorbereitungen treffen, falls Malek wieder auftaucht. Der käm' mir nicht mehr ins Haus«, rief die Schwester und riet Paulina, umgehend sämtliche Türschlösser ersetzen zu lassen. »Mag jemand noch ein Stück Kuchen? Es ist auch noch Schlagsahne im Kühlschrank.«

»Ich kenne einen Anwalt, den ich dir empfehlen kann«, sagte eine weitere, sehr junge Frau und kramte in ihrer Handtasche.

»Zwetschgenkuchen? Oder Torte?«

»Ich habe seine Nummer sicher dabei.«

»Danke, ich muß auf meine Linie achten. Mein Zukünftiger hat schon angefangen, sich zu beschweren.«

»Der soll mal ganz still sein. Der hätte selbst allen Grund, sich zurückzuhalten.«

»Hier, da ist sie. Da rufst du an und läßt dir einen Termin geben.«

Paulina betrachtete den Zettel, auf dem ein mit Doktortitel geschmückter Name und eine Telephonnummer notiert waren.

Der Gedanke war ihr entsetzlich, daß Malek zurückkehren könnte, um aufs neue alle Rechte einzufordern, die er besaß. Dergleichen war ihm zuzutrauen. Sie stellte sich vor, wie er, als sei nichts geschehen, wiederum im Laden stand. Mit seinen kurzen Fingern tippte er Beträge in die Kasse ein, und das Geldfach fuhr ihm ein ums andere Mal gegen den Bauch.

»Ich werde anrufen«, versprach Paulina. Sie schob den Zettel sorgfältig, als handelte es sich um einen Schatz, in ihre Handtasche, während Malek mit sich zu Rate ging, ob ein so früher Besuch bei einem Scheidungsanwalt verdächtig sei. Wie leicht konnte es jemandem einfallen, daß hinter dem Verschwinden des Gatten mehr verborgen liege als eine der üblichen Grausamkeiten, die die Institution der Ehe nun einmal mit sich bringt.

Eine Scheidung, grübelte er, unterstreicht Paulinas Identität, und auch wenn niemand den geringsten Zweifel daran hegt, wer sie ist, tut man doch klug daran, den Anschein immer aufs neue zu bestätigen.

Andererseits fand Malek, daß seine Frau in letzter Zeit zu übermütig aufgetreten sei und eine Vergnügtheit an den Tag gelegt habe, die seinen Wünschen und den Geboten der Vorsicht widersprach. Die Freundschaften, die sie mit allen möglichen Nachbarsweibern geschlossen hatte, waren ihm ein Dorn im Auge, und er überlegte, wie er sie von der Notwendigkeit überzeugen könne, zu dem scheuen Leben zurückzukehren, das er für sie vorgesehen hatte.

Zudem verletzte es ihn, wie leicht Paulina über den Verlust ihres Ehemanns hinweggekommen war. Kaum einen Monat war er vermißt gewesen, da hatte sie bereits zum ersten Mal gelacht, als ob sie keinen Anlaß gehabt hätte, verzweifelt zu sein. Malek war über das ihm ganz unbekannte Geräusch dermaßen erschrocken, das stoßweise und laut urplötzlich aus ihrem Mund gekommen war, daß er sich instinktiv zur Rückwand des Ladens geflüchtet und hinter den Getränkekisten Schutz gesucht hatte. Paulina allerdings hatte nur noch mehr gelacht.

Worüber eigentlich? fragte sich Malek. Er strengte sein Gedächtnis an, konnte sich aber nicht darauf besinnen. Nur an den Anblick von Paulinas weit geöffnetem Mund erinnerte er sich, und wie ihre rosa Zunge darin umhergehüpft war.

»Reiß' dich zusammen«, zischelte Malek ins Ohr seiner Frau. »Es macht keinen guten Eindruck, wenn du so glücklich bist, kaum daß dich die Liebe deines Lebens verlassen hat. Die Leute werden sich darüber wundern und zu reden anfangen«, prophezeite er.

Aber die Zwergin hörte nicht auf ihn. Sie hatte inzwischen eine lustige Unterhaltung über das Eheleben begonnen, und schon wieder lachte sie.

»Bist du still, du Irrsinnige!« wisperte Malek aufgeregt. »Das geht niemanden etwas an!«

Genüßlich breitete Paulina die Erbärmlichkeit des Händlers vor ihren Freundinnen aus, die bei jeder Pointe ein lautes Wiehern begannen. Wie kleinlich und eifersüchtig er gewesen war, rief großes Erstaunen hervor, und obwohl die Geschehnisse, als sie sich zugetragen, alles andere als witzig gewesen waren, gelang es der Händlerin doch, deren komische Seite zum Glänzen zu bringen. Ihre Imitation des Gatten, dessen ständigen Gesichtsausdruck und typische Bewegungen sie vollkommen beherrschte, ließ die übrigen Kuchenesserinnen vor Fröhlichkeit nahezu ersticken.

»Was fällt dir ein!« keuchte Malek entrüstet.

Seine Frau beachtete ihn nicht.

»Warte nur!« drohte er. »Warte nur, bis wir zu Hause sind. Dann werde ich mich rächen und dich deine Unverschämtheiten hundertfach büßen lassen. Du weißt, ich spaße nicht!«

Es schien jedoch, als hätte die Zwergin vergessen, wozu er fähig war. Ihr Gesicht rötete sich vom Lachen, ihre Augen funkelten, und sooft sie über ihren Mann eine weitere Häßlichkeit mitgeteilt hatte, schüttelte sich ihr Körperchen vor Heiterkeit.

Malek geriet in Verwirrung. Er konnte nicht begreifen, was in sie gefahren war. Ihm wurde angst, und wiederum überkam ihn große Kälte.

»An deiner Stelle hätte ich ihn umgebracht«, verriet das Lockenhaar, und die Schwester schob der Zwergin ein weiteres Kuchenstück auf den Teller.

Es läutete an Paulinas Tür.

»Treten Sie ein«, sagte die Händlerin und führte die beiden Polizisten ins Wohnzimmer.

Sie nahm in einem der Zwergensessel Platz, während sich der Kommissar, wie bei seinem ersten Besuch, auf einer Stuhllehne niederließ. Sein Kollege plazierte sich vorsichtig auf dem Kindersofa.

»Haben Sie meinen Mann gefunden?« fragte Paulina.

Der Kommissar verneinte.

»Wir haben sehr umfangreiche Ermittlungen durchgeführt«, versicherte er, »und die Nachbarn und Bekannten Ihres Mannes befragt. Alles spricht dafür, daß er freiwillig verschwunden ist.« Vor allem der Umstand, daß er Tage zuvor das Konto geleert und seine Papiere mitgenommen habe, weise darauf hin. »Für ein Verbrechen gibt es nicht den geringsten Anhaltspunkt.«

»Ihr Mann«, erläuterte der andere Polizist, »hat das Recht zu gehen, wohin er will. Wir werden ihn zwar zur Fahndung ausschreiben, aber nur, um zu erfahren, wo er sich aufhält. Wir können ihn nicht zwingen, zu Ihnen zurückzukehren.«

Ohne Zweifel, dachte Paulina, hat er seine Flucht sorgfältig geplant.

Wochen-, vielleicht monatelang, hatte der Gatte seine Pläne vorangetrieben und sich an ihrer Arglosigkeit erfreut.

»Es tut mir leid«, sagte der Kommissar.

»Haben Sie vielen Dank für Ihre Mühe«, antwortete Paulina. »Sie haben bestimmt getan, was sie konnten.«

Die Polizisten verabschiedeten sich.

Natürlich hatte die Händlerin von Anfang an nicht daran geglaubt, daß der Zwerg einem Verbrechen oder Unfall zum Opfer gefallen sei. Nach Lage der Dinge war nie eine andere Schlußfolgerung in Frage gekommen, als daß Malek sie verlassen hatte. Dennoch zitterte sie jetzt, da durch die Polizei ein amtlicher Stempel unter ihre Gedankengänge gesetzt worden war, am ganzen Leib.

»Das Schwein!« rief Paulina und ballte die Faust, so daß sich ihre Fingernägel ins Fleisch des Handtellers gruben. Auch sich selbst belegte sie mit Ausdrücken, weil sie für den Händler allezeit Entschuldigungen erfunden und die Narben, die ihren Körper bedeckten, als Ausdruck seiner Liebe angesehen hatte. War seine Eifersucht denn nicht eine seelische Entstellung, wie sie zwangsläufig auftreten muß, wenn der Geist eines Mannes im Leib eines Kinds gefangen sitzt? Und hatte irgendjemand das Recht, ihm deshalb Vorwürfe zu machen? Müßte man dann nicht auch die entsetzlichen Prothesen eines Krüppels mißbilligen? Dergleichen hatte sie sich weisgemacht. »Du Närrin! Du Schaf!«

Sollte Malek eines schönen Morgens vor ihrer Tür stehen, heruntergekommen und elend und ohne einen roten Pfennig in der Hosentasche, und sie anflehen, ihn wieder bei sich aufzunehmen, trotz allem, was er ihr angetan hatte, würde sie ihm die Tür vor der Nase zuschlagen.

Paulina gab sich gern diesem Traume hin, von dem sie hoffte, daß er einmal wahr werde. Sooft sie sich die Szene ausmalte, desto schlechter war es um Malek bestellt, der stets Lumpen trug, Hunger hatte, stank und an einer Krankheit litt, die ihm jeden Atemzug zur Qual werden ließ. Immer unterwürfiger bettelte er sie um ihre Hilfe an, küßte er den Saum ihres Kleids. Manchmal brachte er einen Rohrstock mit, auf daß sie ihn ebenso verprügle, wie er es getan hatte. Aber alles Wimmern nutzte nichts.

Gegen Abend erschien Kakuschke im Geschäft. Wie üblich wartete er, bis die Kundschaft gegangen war, und schlenderte einstweilen zwischen den Regalen hin und her, als interessiere er sich für Falschen Hasen und Kaffeersatz. Sobald er aber mit Paulina allein war, trat er zu ihr und liebkoste die Zwergin. Etwas hatte sich verändert. Er war, das fühlte er, Paulina nicht mehr zuwider, und indem er ihr Haar berührte, schmiegte sie ihr Gesicht in seine Hand.

Draußen war es dunkel geworden. Die Zwergin schloß den Laden ab, schaltete das Licht aus und stieg die Wendeltreppe hinauf. Kakuschke folgte ihr auf dem Fuß, und die eisernen Stufen dröhnten unter seinem feisten Schritt.

———

ZUR MITTAGSZEIT

Sieben Monate später, an ihrem Geburtstag, saß die Familie um den Eßtisch, als es an der Tür läutete. Zweimal ertönte die Klingel, und die Mutter, die soeben die Suppenschüssel hereingebracht hatte, fuhr zusammen.

»Meine Güte«, sagte sie, »wer kommt denn um diese Zeit?«

Das Eßzimmer war ein kleiner Raum. Links stand ein Eichenbuffet, in dessen Vitrine man das nie benutzte gute Porzellan besichtigen konnte, während an der Wand gegenüber drei Ölbilder hingen. Gerda, die zweite Tochter, hatte sie angefertigt. Die Mama lobte gern die Schönheit der Gemälde und die Begabung, die aus ihnen sprach. Alle zeigten Blumensträuße, und jede einzelne Blüte hatte sich wie ein Gesicht dem Betrachter zugewandt.

Um den Tisch standen vier Stühle, einer auf jeder Seite; ein überzähliger fünfter war neben das Buffet gestellt worden. Den Tisch hatte die Mama mit weißem Tuch und dem zweitbesten Geschirr gedeckt. Der Vater sah in seinem frisch gewaschenen, schwarzen Hemd und der gebügelten Hose fast aus wie früher; er hatte sich rasiert und am Vormittag wenig getrunken. Seine Frau trug ein Wollkleid mit angeknüpftem, cremefarbenem Spitzenkragen. Das üppige, honigblonde Haar, das vordem stets offen über ihre Schultern geflossen war, hielt sie seit dem bösen Tag in einem Zopf versteckt. Ohne die freundliche Umrahmung der Flechten waren ihre Züge, auch für ihre vierzig Jahre, auffallend scharf.

Gerda hatte die prächtigen Locken nicht geerbt. Ihr Haar war dünn und umgab den Kopf wie ein trüber Dunst. Das Gesicht ähnelte dem ihres kleinen Bruders Thomas, es war eiförmig und bleich.

Durch das Fenster schielte der bewölkte Tag. Am Morgen hatte es geschneit, im Vorgarten lag der Schnee bläulich und fast unberührt; eine einzelne Fußspur führte zum Haus.

»Um diese Zeit«, wiederholte die Mutter und verschwand im Flur, um zu öffnen. Die übrige Familie sagte kein Wort: sie lauschte.

Aus der Schüssel stieg der köstliche Duft der Reissuppe, in die mehrere Dosen Thunfisch hineingemengt waren.

Die Eßzimmertür zum Flur stand offen, und indem die Mama die Eingangstür aufzog, schwappte eine Welle eiskalter Luft in den Raum.

Im Wohnzimmer begann die Standuhr zu schlagen, zwölf Schläge ertönten in gemessenen Abständen; es dauerte eine Minute, bis das Uhrwerk schwieg.

Die Mutter redete an der Tür. Im ersten Augenblick hatte sie überrascht oder aus Furcht ausgerufen, dann aber die Stimme gesenkt. Ihr Flüstern war nicht zu verstehen, und der Besucher sprach womöglich noch leiser als sie.

Sehr deutlich hingegen war das Klacken der Standuhr zu hören, deren Pendel unaufhörlich hin und her schwang.

Dann wurde die Haustür geschlossen, der Strom kalter Luft versiegte.

Die Kälte hatte das Gesicht und die Augen der Mutter gerötet, und sie zitterte etwas in ihrem dünnen, schwarzen Kleid.

Mit ihr trat eine junge Frau ins Zimmer, die unsicher lächelte. Sie war etwas größer als die Mama, sehr schlank und von heller Haut. Sie trug Turnschuhe. Ihr Leib steckte in einer roten Baumwollhose und einem engen, gleichfalls roten T-Shirt. Sie hatte braune, fast schwarze Augen.

Thomas zieht das Genick ein.

»Petra hat mich gebeten, uns beim Essen zusehen zu dürfen«, sagt die Mama.

Gerda preßt die dünnen Arme an ihren Leib, sie schaut in ihren Teller. Der Vater schweigt, er wirft einen mitleidigen Blick auf seine Frau, und Petra setzt sich leise auf den Stuhl neben dem Buffet.

Die Mama ergreift die Kelle, die bereits in der Schüssel steckt, rührt einmal um und schöpft eine Portion in den Teller ihres Mannes. Anschließend kommen Thomas und Gerda an die Reihe, zuletzt sie selbst.

»Guten Appetit«, flüstert der Vater; ringsum wiederholt man leise den Wunsch und beginnt zu essen.

Während des Kochens ist der Fisch sehr zart geworden und hat den Geschmack von Kalbfleisch angenommen. An der Oberfläche der Suppe schwimmt gelbes Fett. Wenn die Mama den Löffel in den Mund steckt, schlägt er hörbar gegen ihre unteren Backenzähne. Mit den Lippen streift sie die Flüssigkeit, den Reis und die Thunfischstückchen vom Besteck.

Der Vater ißt hastig, wobei der Löffel stets den Teller erklingen läßt, sooft er ihn in die Mahlzeit taucht. Er setzt das Besteck an die Unterlippe und kippt den heißen Inhalt der Löffelschale in seinen Mund.

Gerda bläst in die Suppe. Die Brühe ist trüb, denn die Mama hat den Reis im selben Wasser gekocht. Schon hat der Sohn die linke Manschette seines Hemds besudelt.

»Sehr gut, Alma«, sagt der Vater und deutet mit dem Löffel in seinen Teller.

Die Kinder am Tisch nicken, und ein blasses Lächeln huscht über das Gesicht der Mama.

Solange der Vater mit dem Essen innehält, sieht man, daß seine Hände zittern.

»Ich habe das letzte Chilipulver dafür aufgebraucht«, erzählt die Mutter. »Ich muß daran denken, morgen neues zu besorgen.«

»Am Montag soll es den ganzen Tag schneien«, entgegnet der Vater.

Als die Suppe gegessen ist, trägt die Mama den Lammbraten herein, den der Papa mit einem langen, scharfen Messer in mehrere Stücke teilt. Jedem legt er eine Scheibe auf den Teller, die er mit Soße übergießt. Dazu gibt es Pellkartoffeln, Brot und Endiviensalat.

Wiederum lobt man die Küche der Mutter. Das Fleisch ist saftig. Das Tischtuch ist um den Teller des Sohns mit kleinen, braunen Soßenflecken bedeckt. Gerda beugt sich etwas über ihren Teller, um ihre weiße Spitzenbluse zu schützen.

Das aufgebackene Brot gibt, wenn man hineinbeißt, ein krachendes Geräusch von sich, die Rinde bröselt und fällt in Krümeln auf den Tisch. Der Vater trinkt dunklen Rotwein. Sobald sein Glas leer ist, füllt er es erneut.

»Der Salat war zu bitter«, urteilt die Mama. »Dabei habe ich ihn mit heißem Wasser gewaschen.«

Sie räumt die Teller ab und holt den Nachtisch, vier gläserne Schälchen mit Erdbeereis. Sie hat es selbst gemacht, mit Früchten, die sie im vorletzten Sommer gekauft und eingefroren hat.

Sobald der letzte Löffel Eis verschwunden ist, erhebt sich Petra von ihrem Stuhl. Die ganze Zeit hat sie die Familie aufmerksam beobachtet. Nun geht sie hinaus in den Flur und öffnet die Haustür, die sie hinter sich schließt.

Die Mutter sagt nichts.

Der Vater gießt sich den restlichen Rotwein ins Glas.

———

GEIGENSPIEL

Das Haus lag an einer ruhigen Straße und war nahezu ausschließlich von alten Ehepaaren und greisen Witwen bewohnt. Niemand verursachte den kleinsten Laut, der mich hätte stören können; nur ein Musiker, der neben mir im Erdgeschoß wohnte, spielte jeden Abend eine Stunde lang auf seiner Geige, und manchmal sang im ersten Stock eine junge, rothaarige Frau. Sooft ich ihr begegnete, trug sie eine schwarze Bluse. Entdeckte sie meinen Blick, stemmte sie die Arme so in die Taille, daß die runden Brüste hervortraten. Sie lebte allein; wenn sie abends nach Hause kam, fing ein großer Hund zu bellen an; und der Teufel wisperte mir ins Ohr.

Meine Wohnung bestand aus einem einzigen, engen Zimmer. Fast den halben Raum nahm ein kurzer Schreibtisch ein, die andere Hälfte das Bett, das in Wahrheit nur eine Matratze war, die ich tagsüber gegen die Wand lehnte.

Ich war überaus mager. Jeder Knochen zeigte sich unter der Haut, und meine Oberarme vermochte ich mit Daumen und Zeigefinger zu umfassen: Ich achtete sehr aufs Geld und sparte, wo immer es möglich war. Mit anderen Studenten knüpfte ich keine Freundschaften, da dies unvermeidlich zu Ausgaben geführt hätte.

Meine Mutter war verschuldet und daher nicht in der Lage, mich zu unterstützen. Mein Vater hingegen besaß ein Vermögen und verdiente gut, doch hatte er sich, als ich fünf Jahre alt war, von meiner Mutter scheiden lassen, deren Zwänge und Seelenstörungen meine Kindheit verdüsterten. Wenig später heiratete er ein weiteres Mal und setzte zwei Mädchen in die Welt. Die neue Familie stillte sein Bedürfnis, verehrt zu werden, und im behaglichen Gefühl seiner eigenen Vortrefflichkeit hatte das Vergangene keinen Platz.

Schließlich war ich erwachsen geworden und versuchte, sein Interesse und seine Wertschätzung zu gewinnen. Er erduldete meine Belästigungen; aber gewisse Äußerungen, die er machte, wenn dritte Personen zugegen waren, zeigten mir deutlich, daß ich in seinen Augen ein Schmarotzer war.

Sein Geiz und meine Bitterkeit machten mich zu einem eifrigen Studenten. Wäre ich gesund gewesen, hätte ich wohl zusätzlich eine Arbeit angenommen, um mein Auskommen zu verbessern und mir das eine oder andere Vergnügen zu leisten. So aber wandte ich alle Kraft auf das Studium und entwikkelte einen mir selbst nicht recht erklärbaren Stolz, mit dem Almosen auszukommen, das ich von meinem Vater erhielt. Über meinen Büchern kannte ich weder freie Tage noch Pausen.

Nur am frühen Abend, wenn das Geigenspiel meines Nachbarn durch die Wand tönte, mußte ich meine Arbeit unterbrechen, und widerstrebend nutzte ich die Zeit, frische Luft zu schnappen. Der Geigenspieler war stets an meiner linken Seite, wenn ich das Haus verließ.

Meist ging ich langsam die Gasse hinauf. Herrn Beliars Schritt hatte die Eleganz einer Katze.

»Ich kann Ihnen das Geheimnis verraten«, sagte der Musiker, und in seinem Atem glitzerten rote Funken, wie die Blutstropfen, die bei einem Hustenanfall von den Lippen eines Schwindsüchtigen springen. Es waren aber winzige Insekten; für jedes Wort summte eine Fliege aus seinem Mund hervor.

»Es ist mir gleich«, behauptete ich und schaute zu Boden, um seinen Augen nicht standhalten zu müssen. Seine Fußnägel waren aus poliertem Silber; ich meinte, bei jedem Schritt die Spiegelung meines eigenen Gesichts in ihnen zu erkennen.

»Das würden Sie gern glauben«, erwiderte Herr Beliar. Seine Hände waren ungewöhnlich schmal. Wie die Zehen mündeten auch die Finger jeweils in einen blanken, silbernen, messerscharfen Nagel. Während unserer Umarmungen hatte ich mich nicht selten an ihnen geschnitten.

»Was habe ich davon, wenn ich es weiß?« fragte ich. »Es wird mich nur noch unglücklicher machen.«

Die Stimme meines Nachbarn war dunkel und melodiös. Sie hatte über mich Gewalt, denn ihr Klang weckte Vorstellungen von Weichheit und Weiblichkeit, die sich in meinem Auge zu sehnsüchtigen Bildern verdichteten.

»Das wird es«, bestätigte der Geiger. »Aber schon jetzt peinigt Sie die Neugier. Sie wird Ihnen unerträglich werden. Früher oder später flehen Sie mich an, Ihnen die Wahrheit zu sagen.«

Ich hob den Kopf: Die Stirn des Musikers wölbte sich über einem Paar azurblauer Augen, die Nase war dünnwandig, die Lippen leuchteten jung und voll. Das Mahagonihaar begrub die weißen Schultern, die schweren Brüste glänzten.

»Also gut«, sagte ich.

Über das Gesicht des Geigenspielers huschte ein Lächeln. Der rote Mund, den ich viele Male geküßt hatte, öffnete sich und zeigte das weiße Gebiß, auf dessen Schneidezähnen Flecken von Lippenstift zu sehen waren.

Wir bogen in ein schmales Gäßchen ein, das in allerlei Krümmungen an kleinen Häusern vorbeiführte. Herr Beliar schritt voran, während ich seine schlanken Fesseln betrachtete, die festen Waden und Schenkel, das Gesäß, die wiegenden Hüften, den Rücken, das üppige und prächtige Haar. Der Geiger, der wohl meine Blicke spürte, kicherte leise.

Nach einiger Zeit erreichten wir ein heruntergekommenes Haus. Auf den ersten Blick schien es unbewohnt zu sein: einige Läden waren abgerissen, und ein grauer Niederschlag hatte sich auf die Scheiben gelegt. Gleichwohl drang schwacher Lampenschein durch die Fenster. Der Musiker öffnete die Haustür, indem er sie zärtlich berührte und ihr ein Kosewort zuflüsterte; und wir stiegen die Treppe zu einer Wohnung im ersten Stock hinauf.

Die Räume rochen nach Schimmelblumen und altem Staub. Im Wohnzimmer standen ein Schrank, ein Tisch und mehrere Stühle, deren Sitzpolster bis zur Füllung abgewetzt war. Zudem hatte sich überall Ungeziefer breitgemacht: Hunderte weißer Puppen hingen an unsichtbaren Fäden von der Decke, Käfer huschten durch jeden Winkel, und Fliegensummen erfüllte die Luft.

Das Haus hatte ich sofort wiedererkannt, die Zimmer waren mir vertraut. Nur war inzwischen alles schmutzig und schlecht geworden, und die alten Möbel, die wie eh und je an ihren Plätzen standen, ragten nicht mehr vor mir auf.

Der Geigenspieler winkte mir. Das Schlafzimmer war von Kerzen erleuchtet.

»Na, Süßer?« fragte er einen Mann, der auf dem Bett lag. »Bist du bereit?«

Seine weichen Brüste schaukelten boshaft und höhnisch bei jeder Bewegung, und die Warzen, die sie krönten, hatten sich verhärtet.

»Du Bübchen«, spottete Herr Beliar, der nun auch die *Stimme* meiner Mutter angenommen hatte.

Der Mann betrachtete ihn mit einem unterwürfigen Blick, aus dem zugleich Angst und Durchtriebenheit sprachen. Er hieß Fissler und war ein Nachbar, der mit uns im selben Stock gewohnt hatte. Sein Leib war überaus mager, jeder Knochen zeigte sich unter der Haut, die Oberarme waren dünn.

Als Kind hatte ich von ihm zu jedem Geburtstag ein Spielzeug geschenkt bekommen.

Mama setzte ihren rechten Fuß auf die Matratze, und Herr Fissler beeilte sich, ihr die Beine zu küssen. Sie stemmte die Arme in die Taille und drückte den Rücken durch. Ich verließ das Zimmer, ging die Treppe hinab und gelangte aus dem Haus.

Dann eilte ich das enge Gäßchen zurück, durch das der Geiger und ich gekommen waren; hinter mir vernahm ich Herrn Beliars geschmeidigen Schritt.

Endlich erreichten wir das Gebäude, in dem wir Tür an Tür lebten, und jeder verschwand in seiner Wohnung. Ich legte mich aufs Bett und sah eine Zeit zur Decke hinauf, bis das Geigenspiel verstummte.

Der Musiker packte seine Sachen zusammen, und ich hörte, daß er seine Bleibe verließ, um wie jeden Abend seinen Lebensunterhalt im Tingeltangel zu verdienen. Ein Schlüsselbund klirrte. Als der Geiger vors Haus trat, stand ich auf und blickte zum Fenster hinaus. Er trug einen Anzug, und das schwarze, kurze Haar hatte er mit Pomade in Form gebracht. Den Geigenkasten trug er unter dem Arm.

———

DIE FLIEGE

Als ich ein kleines Mädchen war, glitzerte meine Phantasie. Mein Vater und ich lebten in einem etwas abgelegenen Haus außerhalb Nürnbergs. Da meine Mutter eine gläubige Katholikin gewesen war, hing in jedem Raum ein Kruzifix, und im Wohnzimmer, neben dem Fernseher, war eine selbstgemalte Ikone an der Wand befestigt. Ihr Goldgrund bestimmte meine Vorstellung von Gottes Reich und Herrlichkeit und meinen Glauben an das Jenseits, das ich mir als einen Ort funkelnder Schönheit erträumte. Die Mama hatte dem Herrn ein gütiges, liebevolles Gesicht gegeben und auf die Emailfarbe des Hintergrunds rubinartige Glassteine geklebt, geschliffene Rosenquarze, lackierte Gipsstückchen, die Elfenbein ähnelten, und gläserne Perlen. Der Wundertäter war für mich ein zärtliches und strahlendes Wesen.

Das Haus hatte zwei Stockwerke. Oben lagen das Kinderzimmer und ein Raum, der als Abstellkammer diente, unten befanden sich das Schlafzimmer des Vaters, der Wohnraum und die Küche. Die Decken waren niedrig, die Fenster schmal, an den Wänden hingen Blumentapeten, und jeder Schritt auf dem Holzboden verursachte ein leises Knarren. In diesem Haus war viel Schönes zu finden, sofern man ein Auge dafür besaß. Über der Spüle zum Beispiel hing ein Streifen Fliegenpapier, der mit toten und halbtoten Insekten bedeckt war, und wenn jemand daran vorüberging, so rief der Luftzug, der das Papier bewegte, ein hundertfaches Schillern winziger, hauchdünner Flügel hervor.

Hinter dem Gebäude lag ein ehemaliger Löschteich in einem großen, recht verwilderten Garten. Ich hielt ihn für einen verwunschenen Ort, wie ich ihn aus Märchenbüchern kannte, und im Teich, worin sich im Lauf der Jahre viel Laub und Äste angesammelt hatten, lebte ein Nöck. War die Oberfläche völlig still, so meinte ich, seine blauen Augen wie scheue Lichter im Pfuhl zu erkennen, und die aufsteigende Luft seines Atems bildete silberne Bläschen. Manchmal trat ich ans Ufer und rief ihn herauf, denn ich glaubte, daß er sich vor mir verberge, um mich nicht durch seinen herrlichen Anblick zu erschrecken. Stets beteuerte ich, keine Angst zu haben. Es würde mich nicht entsetzen, wenn er den Kopf aus dem Wasser höbe.

Die Bäume waren mit Moos und Flechten überzogen und alle Pflanzen mit Schmuckstücken verziert: rote und schwarze Käfer krabbelten über die Blätter; bunte Falter tanzten zwischen den Blüten. Besonders gefielen mir aber die Kaisergold- und Blauschwarzen Schmeißfliegen, und ich konnte mich nicht genug über die Hartnäckigkeit wundern, mit der die kleinen Tiere versuchten, ihren Willen durchzusetzen: wenn ich sie verjagte, kehrten sie noch im selben Augenblick auf die nämliche Stelle meines Leibs zurück, auf der sie zuvor gesessen hatten. Ihr Panzer erinnerte an zierliche Broschen.

Mein Vater war mittelgroß, hatte einen Bauch, braunes Haar, graue Augen und einen lippenlosen Mund. Er arbeitete in einer Maschinenfabrik. Einst war er ein fröhlicher Mensch gewesen, ich habe Photos, auf denen er ausgelassen tanzt. Aber der

Tod meiner Mutter hatte ihn verändert, hatte ihn alt und stumm gemacht. Jeden Abend saß er mit müdem Gesicht in einem der Wohnzimmersessel, wo er Schnaps trank und stundenlang einen Fleck an der Wand betrachtete.

Meiner Mutter entsinne ich mich in einzelnen Bildern. Ich sehe den Kragen ihres karierten Mantels, sie trägt mich auf dem Arm. Es ist kalt, vor dem Haus liegt kniehoch der Schnee, und ich vergrabe, um mich zu wärmen, mein Gesicht in ihrem Schal.

In einer anderen Erinnerung ist es Sommer, und ich spiele am Ufer des Teichs. Ich lasse die Fliegen auf meinen Schenkeln umherkrabbeln. Plötzlich, ich weiß nicht warum, vielleicht weil ich gehört hatte, daß ein Nöck jedes Geschenk, das man ihm macht, mit Juwelen erwidert, schleudere ich meine Puppe ins Wasser. Sie versinkt für einen Augenblick, kehrt wieder an die Oberfläche zurück und schlenkert seltsam mit den Armen, um sodann für immer im Wasser zu verschwinden. Die Mama liegt im Gras und liest. Das gelbe Sonnenlicht fällt über ihr Gesicht.

Später sitze ich mit ihr am Küchentisch: das Holzbrett, das ihr als Malgrund dient, hat sie gegen ein Glas eingemachter Kirschen gelehnt. Ihre Finger sind mit goldfarbenen Flecken bedeckt, und der Gottessohn gewinnt nach und nach Gestalt.

An einem drückend heißen Tag, ich muß schon etwas größer sein, spazieren meine Mutter und ich die Straße entlang, die an unserem Haus vorbeiführt, und im Gras, das den Weg säumt, entdecken wir eine überfahrene Katze. Das faulige Fleisch stinkt süßlich, aber der Kadaver, der in der Sonnenglut kocht, ist mit dem Schmuck Dutzender goldgrüner Fliegen verschönt.

Mein Vater stellt eine Photographie der Mama auf ein Schränkchen im Wohnzimmer und zündet davor eine Kerze an. Ich staune über das Schimmern und Glänzen. Wenn ein Wind die Flamme berührt, blinzelt das Licht, und die Mama bewegt sich inmitten der funkelnden Schönheit.

Sie war nach einem schweren Essen, zu dem sie viel Wein getrunken hatte, in die Badewanne gestiegen und an einem Schlaganfall gestorben.

Am Boden sammelten sich hernach Haare und klebriger Schmutz, und sooft man eine Tür öffnete und einen Raum betrat, war ein Huschen in den Ekken, wo die Staubmäuse piepsend und kichernd übereinandersprangen.

Zwei Jahre später zog Mamas Bruder zu uns. Er hatte in Nürnberg eine Stelle als Buchhalter gefunden. Das Gerümpel, das sich in der Abstellkammer befand, wurde in den Keller gebracht, um für Onkel Finger Platz zu schaffen. Immer versicherte er, nur übergangsweise bleiben zu wollen, bis er eine geeignete Wohnung gefunden habe, begann aber, sich dauerhaft einzurichten.

Onkel Finger strich mir gern über den Kopf. Nicht selten schenkte er mir Konfekt, vor allem Pralinen, die er mir in den Mund schieben wollte. Die Schokolade hatte, wie ich fand, einen übersüßen Geschmack. Häufig erblickte ich den Onkel nackt, denn sooft er sich wusch, vergaß er, vorher ein Handtuch aus dem Schrank zu nehmen, der aus Platzmangel im Wohnzimmer stand, und nach dem Bade ging er stets naß und bloß durchs Haus, um sich ein Tuch zu holen.

Er war dürr. Die gelben Haare auf seinem runden Kopf waren kurz geschnitten, die blauen Augen blinzelten viel, der Schnurrbart war dünn, und die etwas gebeugte Haltung des Körpers erweckte den Eindruck, als suche er immerzu, sich vor einer zum Schlag erhobenen Hand zu ducken. Darüber hinaus hatte er die Eigenart, sich mit den Zähnen kleine Fetzchen Haut von den Fingerkuppen zu ziehen, bis das Fleisch hervorschaute, dessen rote Farbe äußerst auffallend mit den kalten und weißlichen Fingern kontrastierte. Diese Angewohnheit zwang ihn, bei der Arbeit dünne Stoffhandschuhe zu tragen, und wenn wir allein in einem Zimmer waren, so kroch ihm ein Blick aus den Augen, wie ich ihn bisher bei keinem Menschen gesehen hatte.

Onkel Finger war vierzig Jahre alt, ein Junggeselle, der schon dreimal mit verschiedenen Frauen verlobt gewesen war, doch zu einer Heirat war es nie gekommen. Stets hatte er die Trauung weiter und weiter hinausgeschoben und schließlich die Verlobung gelöst.

Seine Abendstunden verbrachte er eingeschlossen in seinem Zimmer; und ich hörte das Rattern seines Filmprojektors durch die Tür.

Papa wurde noch verschlossener, vielleicht weil der Onkel, obschon ins Männliche und Duckmäuserische entstellt, ihm die Züge der toten Frau lebendig vor Augen führte. Auch mir schien mitunter etwas Bekanntes in seinem Gehabe zu erscheinen, im Neigen des Kopfes oder im Schürzen des Munds; dann stieg in mir ein vergessener Augenblick auf. Ich erinnerte mich, wie dem Vater eine gläserne Salatschüssel aus den Händen geglitten, zu Boden gefallen und mit lautem Klirren zersprungen war. Papa machte ein erschrockenes Gesicht, meine Mutter lachte. Sie war von Kopf bis Fuß mit Öl bespritzt und glitzerte im hellen Licht, das durchs Küchenfenster schien.

Der Winter kam. Eines Nachts erwachte ich in meinem Bett. Es war mir, als habe jemand die Tür des Raums geöffnet und sei hereingetreten.

Ich lauschte, konnte aber nur das Rauschen der schwarzen Luft hören und das Klopfen des Graupels an den versperrten Fensterläden. Schon meinte ich, mich geirrt zu haben, und wollte mich auf die andere Seite drehen; da vernahm ich ein Geräusch, das mir vollkommene Gewißheit gab, daß wirklich jemand in meinem Zimmer sei. Die Tür hatte die Eigenart, einige Minuten, nachdem man sie geöffnet und wieder geschlossen hatte, ein helles Knacken von sich zu geben.

Ich lag still in meinem Bett. Der Unbekannte ging drei Schritte auf mich zu, so daß er, wie ich glaubte, nur noch einen Meter entfernt war.

Ich richtete mich auf und fragte ängstlich: »Bist du der Nöck?«

Zunächst geschah gar nichts, und der Eindringling sagte kein Wort. Ich versuchte, mit den Augen die Finsternis zu durchdringen; Eiskristalle trommelten gegen die Fensterläden.

Nach einer Weile aber hörte ich, wie er sich umwandte und aus dem Zimmer ging und die Tür hinter sich zuklinkte.

Ich blieb lange wach, aus Angst und weil ich meinte, er werde zurückkehren. Zuletzt aber schlief ich ein und träumte seltsame Dinge, denn ich sah

Onkel Finger, der mich mit gütigem Blick betrachtete. Seine Augen schimmerten, seine Zähne leuchteten weiß, ein Funkeln bedeckte seinen Leib.

Ich fragte, ob er gestorben sei; ich glaubte nämlich zu jener Zeit, der Tod verwandle die Menschen in glänzende Wesen.

Onkel Finger griff in seine Manteltasche und zog einige Scherben hervor. Dann öffnete er die Lippen, um zu sprechen; aber ich hörte bloß einen kurzen Schrei, und ein Geräusch wie von gurgelndem Wasser gluckste ihm aus dem Mund.

Am Morgen glaubte ich, nur geträumt zu haben. Der Nöck war nicht zu mir gekommen: nichts dergleichen hatte sich ereignet.

Ich stand auf, zog mich an und trat in die Küche, wo die Erwachsenen frühstückten und das gespickte Fliegenpapier über der Spüle hing. Onkel Finger sah mich an; und legte mir die Hand auf den Kopf.

»Deine Tochter wird immer hübscher«, sagte der dünne Mann.

Wenn er von der Arbeit kam, setzte er sich zu meinem Vater ins Wohnzimmer und wärmte sich die abgeschälten Hände am Ofen. Zugleich drückte er sich, als könne er dort Geborgenheit finden, gegen die Armlehne seines Sessels. In den Gesprächen, die er mit Papa führte, entstanden häufig lange Pausen, in denen er die Unterlippe vorschob und seinen kümmerlichen, zerkauten Schnurrbart in den Mund zog. Ich beobachtete Onkel Finger, wie man ein Insekt oder den Puderkelch einer Blume unter der Lupe betrachtet und eine verborgene, unbegreifliche Häßlichkeit entdeckt. Die Beine der Schmetterlinge beispielsweise sind denen der Menschen ähnlich, und die Blätter vieler Pflanzen sind wie Menschenhaut von dünnen, kurzen Haaren bedeckt.

Der Onkel zwinkerte mir zu. Er strich mir über den Kopf und streichelte mein Gesicht. Er wurde nicht müde, meinen Vater zu beglückwünschen.

»So ein schönes Kind«, sagte er mit seiner sanften, weichen, etwas weinerlichen Stimme. »Manchmal denke ich, es wäre doch herrlich, selbst ein Kind zu haben. Glaub mir, Friedhelm, es hat mir nicht an Gelegenheiten gefehlt, eine Familie zu gründen. Ich habe oft das Interesse einer Frau gefunden.«

Der Mund des Onkels formte ein saures Lächeln.

»Aber ich komme nicht umhin«, fuhr er fort, »die ersten Anzeichen des Verwelkens selbst in den Gesichtern junger Frauen zu entdecken. Manche werden schleichend alt, andere verändern sich über Nacht, und wenn man sie nach einiger Zeit, oft Wochen nur, wiedersieht, scheint es, als seien unterdessen Jahre und Jahrzehnte vergangen. Die Natur ist grausam. Alles Leben wird verwüstet und entstellt. Doch an der knospenden Schönheit erfreue ich mich. Bei ihr verspricht die Zukunft nicht Runzeln und Fäulnis, sondern erst noch die ganze Blüte sehen zu lassen.«

Der Onkel machte mir Komplimente, die unsinnig waren, etwa daß ich zwischen den Augenbrauen keine Falten hätte, daß meine Zähne ohne Flecken seien, daß meine Haut nicht nach ranziger Butter rieche. Er lobte mein Kinn und, wenn ich einen Zopf trug, den Haarflaum in meinem Nacken, wobei er in einem fort blinzelte und halb mich, halb den Boden zu seinen Füßen betrachtete. Er umarmte mich unvermittelt und drückte mir seinen Mund auf die Wange.

Nachts suchte mich ein rätselhaftes Unglück heim. Starr vor Angst lag ich in meinem Bett. Die Tür knackte hell. Die Holzdielen knarrten. Die raschen Atemzüge wollten kein Ende nehmen.

Den ganzen Sonntag über hatte der Onkel sich in meiner Nähe aufgehalten, um an mir wie an einem Fläschchen Parfüm zu riechen, so daß ich mir keinen Ausweg mehr wußte. Unter Vorwänden kam er in einem fort in mein Zimmer, um mich zu streicheln. Die Aufmerksamkeit meines Vaters aber war ganz nach innen gerichtet, und wenngleich ich bisweilen versucht hatte, ihm vom Tun des Onkels zu erzählen, konnte ich mir doch selbst keinen Reim darauf machen und wußte nicht, was ich sagen sollte.

Die Sonne stürzte hinter den Horizont und tauchte den Schnee, der unser Haus umgab, in rotes Licht. Der Onkel ging in den Garten, und ich schlich ihm nach.

Vor dem Abendessen wollte er sich noch ein wenig die Beine vertreten. Er besuchte den Teich, der mit dünnem Eis bedeckt war. Ich näherte mich auf Zehenspitzen. Mit einem leisen Schrei fiel er aufs Eis, das unter seinem Gewicht wie eine Glasscheibe zersprang.

Er versank im selben Augenblick. Nur ein einziges Mal kehrte er an die Oberfläche zurück, schrie und schlenkerte mit den Armen; dann hatte der Schlund ihn verzehrt.

Ich ging ins Haus. Mein Vater fragte, wo der Onkel sei, der sonst pünktlich zu jeder Mahlzeit am Tische saß. Ich zuckte die Achseln.

Schließlich ging Papa in den Garten, um nach dem Schwager zu sehen.

Ich begleitete ihn und rief den Onkel, wie er es tat, während mein Herz vor Freude hüpfte, denn Onkel Finger gab keine Antwort. Nur in der gefrorenen Oberfläche des Teichs klaffte ein verräterisches Loch, und aus dem dunklen Wasser blickten zwei blaue Augen gleich scheuen Lichtern empor. Der Onkel trug einen Schal, und der Knoten unter dem Kinn drückte seinen Kopf ins Genick.

Mein Vater versuchte was er konnte, den Schwager heraufzuziehen und zu retten. Er kniete sich nieder, faßte ins Wasser hinab und zerrte ihn heftig am Kragen. Aber die Beine des dünnen Mannes hatten sich im Geäst verfangen, das am Boden des Teiches lag, so daß er fest an den Grund gefesselt war und mein Vater seine ganze Kraft benötigte, ihn zu befreien. Im Moment, da er den Kadaver aus dem Wasser zog, war dieser wie von dickem Glas umhüllt. Denn Eis hatte sich um den toten Leib gelegt.

Papa trug den Onkel in unser Haus; scheinheilig fragte ich, was geschehen sei und weshalb Onkel Finger ein so lustiges Gesicht ziehe, und sang nach Kinderart ein fröhliches Lied.

Wir betraten das Haus, mein Vater schleppte die Leiche ins Wohnzimmer, worin die Stehlampe ein goldenes Licht verbreitete. Der Onkel war in allen Gliedern verrenkt, als habe ihn der Tod bei einem wilden Tanz überrascht. Es zeigte sich, daß der Teil eines Ohres abgebrochen und zwei Finger verloren waren. Doch Papa schien zu glauben, daß noch Leben in ihm sei; er trug ihn vor den Ofen, um ihn zu wärmen. Das Gewicht des Onkels hatte sich durch das gefrorene Wasser in seiner Kleidung sehr vermehrt, und mein Vater war von der Bergung ermüdet, weshalb er gegen jede Kante stieß und dem

Leichnam manchen Schaden zufügte. Er stolperte: Der Onkel fiel ihm aus den Händen, und der Boden war mit Schätzen bedeckt.

Ein Glanz sprang durchs Zimmer, in alle Ecken klirrte die zerbrechende, springende, glitzerglänzende Pracht, Rubine tanzten über das Parkett, große Stücke von Rosenquarz und Elfenbein brachen aus dem herrlichen Leib. Es war ein derart schöner Anblick, daß ich mich bückte, um einige Zähne aufzuheben, die mir wie das Geschmeide einer Königin erschienen, und das Augenpaar, das weißen Perlen glich.

———

INHALT

Bibliographische Hinweise

»Die Fliege« erschien erstmals in *Macondo*, 20/2008, S. 25-29, »Das geheime Leben des Jakob Goll« in *Macondo*, 21/2009, S. 88-91, und »Der Taubenschlag« in *Macondo*, 22/2009, S. 99-101.

Alle anderen Erzählungen erschienen erstmals mit der Veröffentlichung von *Phantasmagoriana* 2013.